庫

長編時代小説

役者狩り

夏目影二郎始末旅(十)
決定版

佐伯泰英

光　文　社

※本書は、二〇〇六年一月に光文社文庫より刊行した作品を、文字を大きくしたうえでさらに著者が大幅に加筆修正したものです。

目次

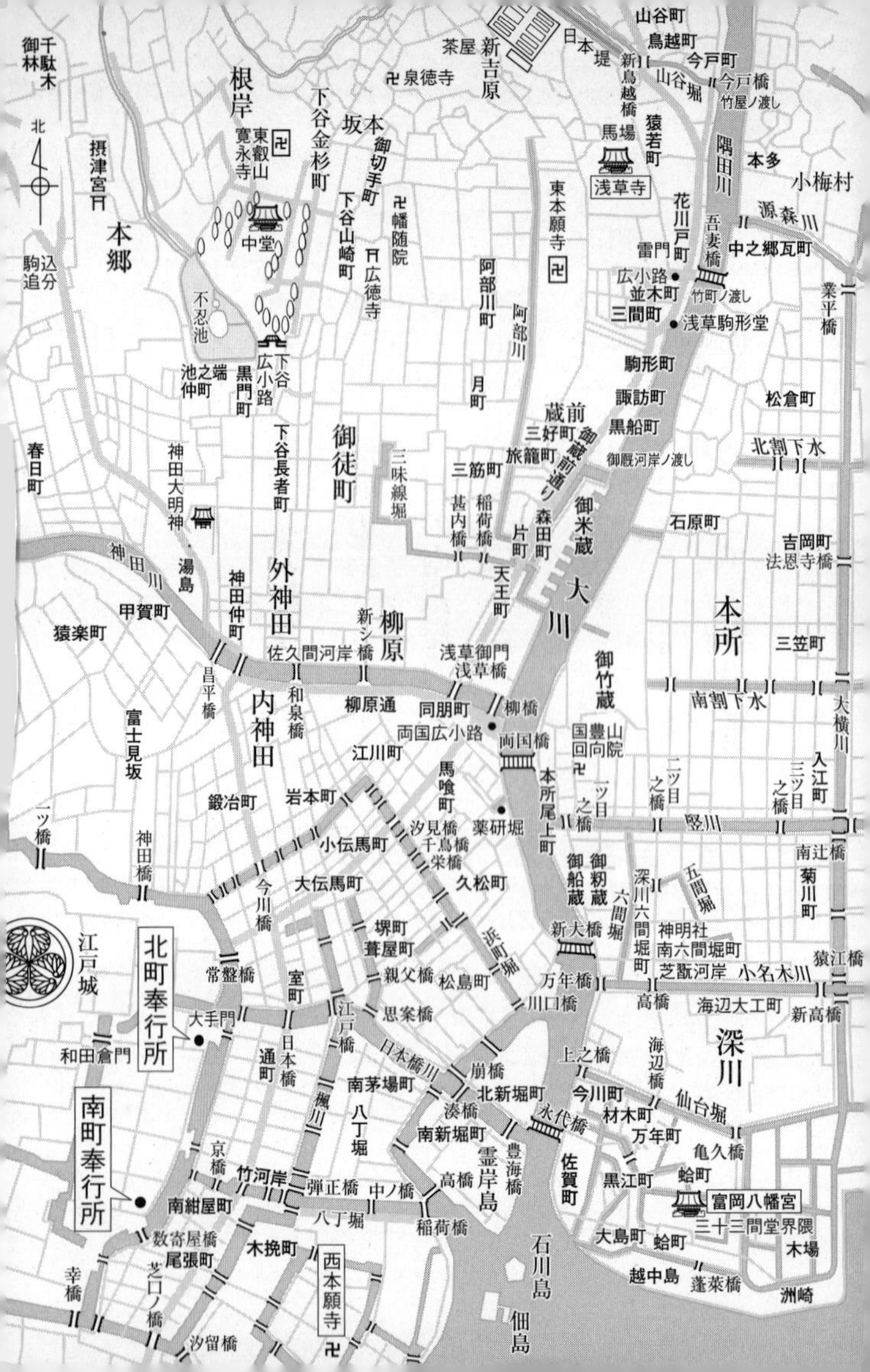

千駄木
御林
根岸
北
摂津宮
本郷
駒込追分
東叡山寛永寺
中堂
不忍池
下谷広小路
池之端仲町
黒門町
下谷金杉町
坂本
御切手町
下谷山崎町
幡随院
広徳寺
泉徳寺
茶屋
新吉原
日本堤
新鳥越橋
山谷町
鳥越町
今戸町
山谷堀
今戸橋
竹屋ノ渡し
馬場
猿若町
浅草寺
隅田川
本多
小梅村
源森川
東本願寺
花川戸町
吾妻橋
中之郷瓦町
雷門
広小路
並木町
竹町ノ渡し
三間町
浅草駒形堂
業平橋
阿部川町
阿部川
月町
駒形町
諏訪町
黒船町
松倉町
蔵前
三好町
御蔵前通り
旅籠町
御厩河岸ノ渡し
北割下水
下谷長者町
御徒町
三味線堀
三筋町
甚内橋
稲荷橋
片町
森田町
御米蔵
石原町
吉岡町
法恩寺橋
春日町
神田大明神
湯島
神田川
甲賀町
猿楽町
神田仲町
外神田
新シ橋
柳原
天王町
大川
本所
三笠町
佐久間河岸
浅草御門
浅草橋
昌平橋
内神田
和泉橋
柳原通
同朋町
柳橋
御竹蔵
南割下水
大横川
富士見坂
両国広小路
両国橋
国豊山回向院
江川町
馬喰町
本所尾上町
一ツ目之橋
二ツ目之橋
三ツ目之橋
入江町
鍛冶町
岩本町
薬研堀
竪川
一ツ橋
神田橋
小伝馬町
汐見橋
千鳥橋
栄橋
南辻橋
大伝馬町
今川橋
久松町
御船蔵
御籾蔵
深川六間堀町
六間堀
五間堀
菊川町
江戸城
北町奉行所
堺町
葺屋町
浜町堀
新大橋
神明社
南六間堀町
芝翫河岸
小名木川
猿江橋
常盤橋
室町
親父橋
松島町
万年橋
高橋
海辺大工町
大手門
江戸橋
思案橋
川口橋
新高橋
和田倉門
通町
日本橋
日本橋川
崩橋
上之橋
海辺橋
深川
南町奉行所
南茅場町
北新堀町
今川町
楓川
八丁堀
湊橋
永代橋
材木町
仙台堀
京橋
南新堀町
霊岸島
豊海橋
佐賀町
万年町
亀久橋
竹河岸
弾正橋
中ノ橋
高橋
黒江町
蛤町
南紺屋町
八丁堀
稲荷橋
富岡八幡宮
三十三間堂界隈
数寄屋橋
尾張町
木挽町
西本願寺
石川島
大島町
蛤町
木場
越中島
蓬莱橋
洲崎
幸橋
芝口ノ橋
汐留橋
佃島

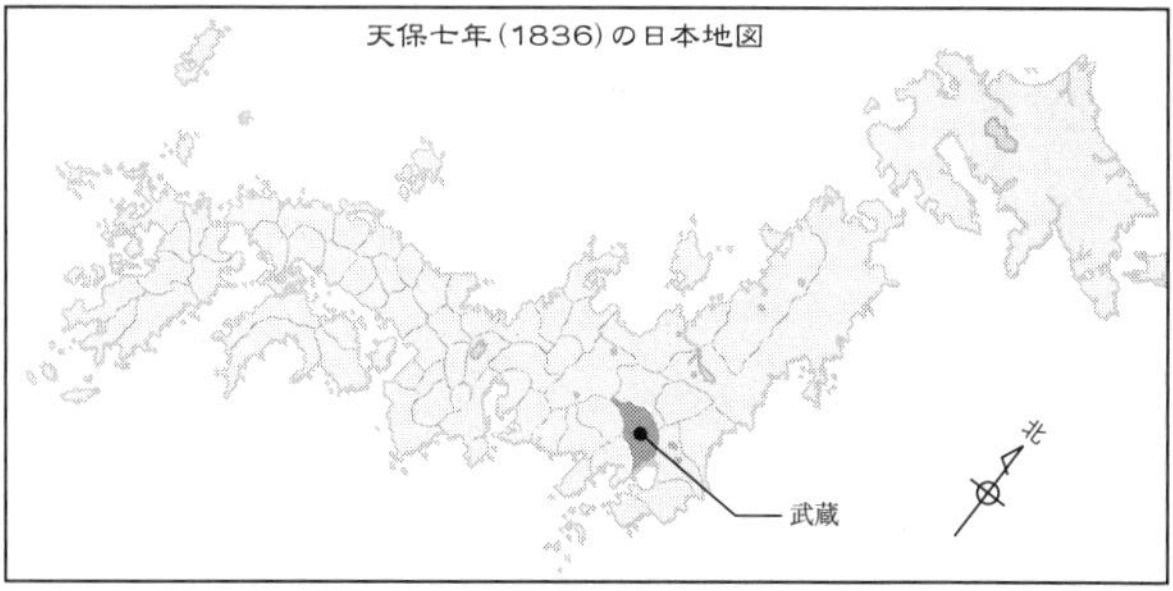
天保七年(1836)の日本地図
北
武蔵

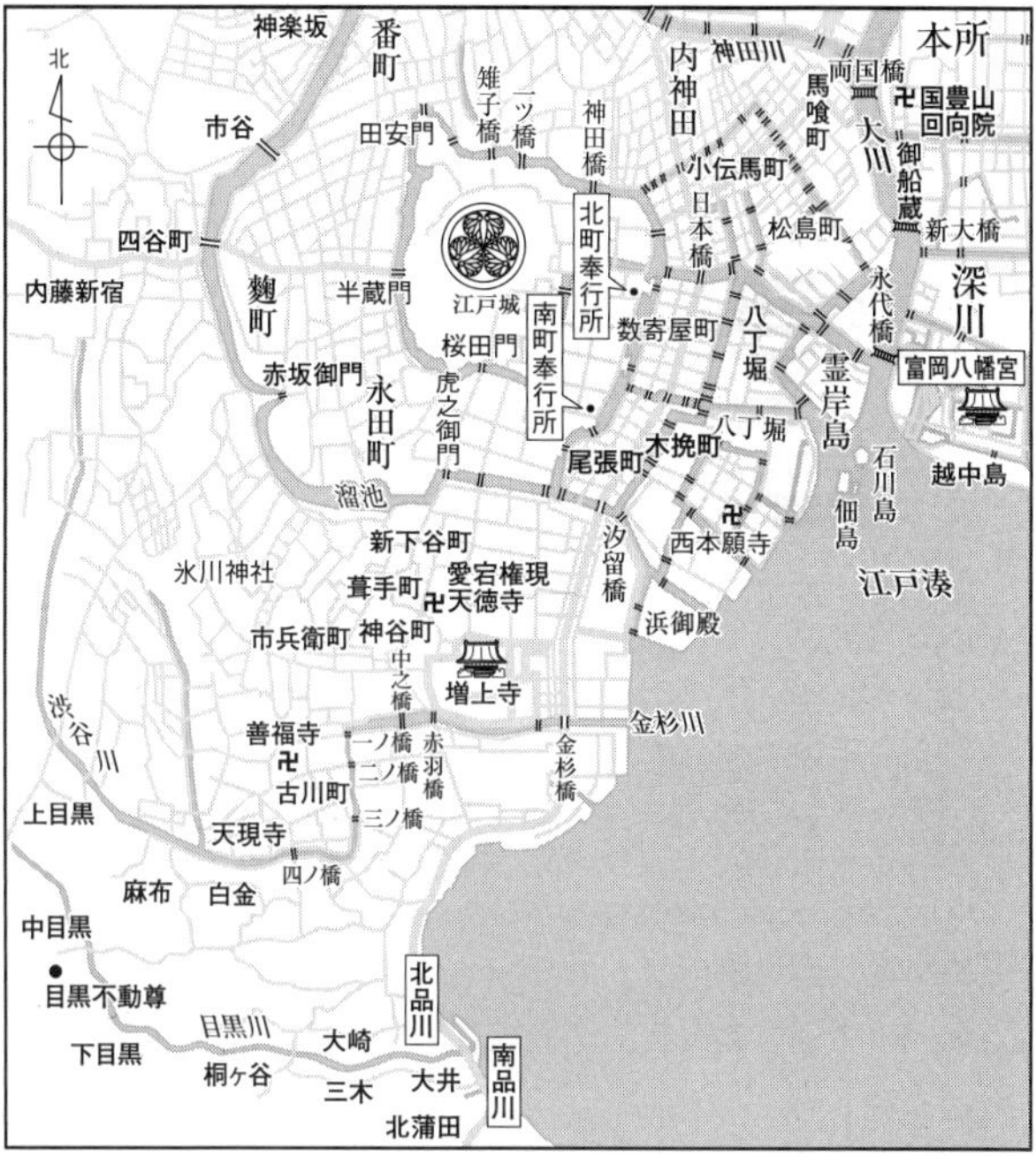
北
神楽坂
番町
本所
神田川
内神田
両国橋
馬喰町
国豊山
回向院
雉子橋
一ツ橋
神田橋
市谷
田安門
大川
御船蔵
小伝馬町
日本橋
松島町
新大橋
四谷町
北町奉行所
内藤新宿
麹町
半蔵門
江戸城
永代橋
深川
南町奉行所
数寄屋町
八丁堀
桜田門
霊岸島
富岡八幡宮
赤坂御門
永田町
虎之御門
木挽町
八丁堀
尾張町
石川島
越中島
溜池
佃島
汐留橋
西本願寺
新下谷町
江戸湊
氷川神社
愛宕権現
葺手町
天徳寺
浜御殿
市兵衛町
神谷町
中之橋
増上寺
渋谷川
金杉川
善福寺
一ノ橋
赤羽橋
二ノ橋
金杉橋
古川町
上目黒
三ノ橋
天現寺
四ノ橋
麻布
白金
中目黒
北品川
目黒不動尊
目黒川
大崎
下目黒
南品川
桐ヶ谷
大井
三木
北蒲田

『役者狩り　夏目影二郎始末旅㈩』主な登場人物

夏目影二郎　本名瑛二郎。常磐秀信の妾の子。放蕩無頼の果てに獄につながれたが、父に救われ、配下の隠密となる。鏡新明智流桃井春蔵道場の元師範代。

常磐秀信　影二郎の父。勘定奉行より幕府大目付に。

若　菜　川越城下の浪人の娘。影二郎と恋仲にある。

菱沼喜十郎　大目付監察方。道雪派の弓の名手。秀信の命で影二郎を支える。

おこま　菱沼喜十郎の娘。水芸や門付け芸人に扮して影二郎の旅に従う。

小才次　常磐家の中間。影二郎の手下となって働く。

浅草弾左衛門　門付け、座頭、猿楽、陰陽師などの総元締め。鳥越のお頭とも呼ばれる。

鳥居耀蔵　江戸南町奉行。御禁令取締隊を組織し、弾圧を強める。

市川團十郎　十歳で七代目を襲名した天才役者。江戸の庶民に絶大な人気を博す。

遠山景元　江戸北町奉行。影二郎とはよしみを通じる。

鶴屋南北　戯作者。五世で、四世の大南北に対して小南北と称される。

牧野兵庫　南町奉行所定廻り同心だったが、現在は閑職の定中役。

役者狩り　夏目影二郎始末旅㈩

序章

天保《てんぽう》十三年（一八四二）三月晦日《みそか》も近いある宵のこと、歌舞伎役者七代目《しちだいめ》市川《いちかわ》團十郎《だんじゅうろう》は柳橋《やなぎばし》の妾宅《しょうたく》から総朱漆《そうしゅうるし》の駕籠《かご》に乗り込んだ。駕籠の引き戸には飾り海老《えび》が勢いよく跳ねている図柄が描きこまれ、駕籠を担《かつ》ぐ男たちの長半纏《ながばんてん》の背にも同じ飾り海老が跳ねていた。

「七代目、どちらへ」

妾宅を離れたとき、提灯《ちょうちん》持ちの男衆《おとこし》が駕籠に聞いた。

「お歌《うた》の家へ」

短く答えた七代目の声音《こわね》に疲れが見えた。

「へえっ」

駕籠は浅草聖天町《あさくさしょうでんちょう》を目指した。

歌舞伎役者市川團十郎は代々江戸歌舞伎の宗家《そうけ》、市川流「荒事《あらごと》」の家元にして芸風、その生き方までもが江戸の人々に熱狂的に支持され、「大江戸の飾り海老」として親しまれ、敬われてきた。それはただの役者の人気の範疇《はんちゅう》を超越していた。

江戸は徳川家を頂点とした武家支配の都であった。だが、時代が進むに連れ、「武から商へ」と実権は武家から商人へと移っていた。だが、将軍家を頂点とした武家集団が権力を手放したわけではない。内証《ないしょう》を商人に握られながらも幕藩体制は生き続けていた。

そんな巨大な権力機構に、「荒事」という芸を確立して挑んだのが市川團十郎であった。團十郎の荒事は武家社会に対抗する庶民の力の結集、象徴と見られた。ただ巧妙にもそれは武力ではなく、「舞台上の芸」として確立されたと庶民は暗黙の裡《うち》に理解していた。

七代目の團十郎は五代目の孫として寛政《かんせい》三年（一七九一）、梨園《りえん》に生まれた。

幼名は小玉《こたま》、四歳の初舞台で新之助《しんのすけ》に改名し、六歳で荒事十八番《おはこ》、「暫《しばらく》」を演じていた。

代々の團十郎の中でも天才であった。

寛政十二年（一八〇〇）十一月、市村座《いちむらざ》顔見世に十歳にして七代目團十郎を襲名していた。七代目の凄《すご》さは、荒事ばかりか実事《じつごと》、実悪《じつあく》、和事《わごと》、色悪《いろあく》、世話《せわ》物、舞踊とあらゆるものをこなしてどれも團十郎の個性をふんぷんと香らせたことだ。それは三代目尾上菊五郎《おのえきくごろう》と芸のしのぎを削る中で確立されていく。さらに七代目は市川家に伝わる当り役を、

「歌舞伎十八番」

として定めて、歌舞伎の権威付け、市川宗家の教祖化に成功した。

絶大な人気と技量を背景に七代目は江戸歌舞伎界に君臨しつつ、四、五人の妻妾を持って、夜毎《よごと》、妾宅を巡って歩いた。それも飾り海老を描かせた乗り物に乗っての巡回である。

それが七代目の矜持《きょうじ》であり、庶民はそれを支持した。

本来駕籠、乗り物は武家の体面を保つ重要な道具であった。将軍家が使う乗り

物から大名やその奥方の乗る「お忍び駕籠」、上級武士の「お留守居《るすい》駕籠」、一般の武士の「権門《けんもん》駕籠」などと呼ばれて、権威の象徴であった。

町人身分の乗る駕籠で最上のものは「法仙寺《ほうせんじ》駕籠」と呼ばれ、これは四方が板張りで、黒塗りや春慶《しゅんけい》塗りで仕上げられ、儀礼に使うことで差し許すという意味合いを籠《こ》めて、乗る人は裃《かみしも》の着用が義務付けられていた。

七代目の「法仙寺」はさらに豪奢《ごうしゃ》な造りで、

「海老様のお駕籠」

として江戸の人々に知られていた。

幕閣を主導する老中水野忠邦《みずのただくに》は天保十三年に入り、矢継ぎ早に禁令を出した。疲弊《ひへい》する社会を改革するために水野は、物価を統制して値を抑え、寄席《よせ》の数を制限し、富士講《ふじこう》など講を禁じ、商人の株仲間の解散を命じ、富興行などを禁止した。

庶民の楽しみや商人の従来の特権を奪い取ることで改革を推し進めようという水野忠邦の政策に怨嗟《えんさ》の声が上がった。

禁令、触れは発布されたばかりではない。

水野は南町奉行鳥居甲斐守耀蔵《とりいかいのかみようぞう》らに命じて、禁令の忠実な施行を見守らせ、強制した。鳥居は町じゅうに密告制度の網を張らせ、御用聞きや手先たちを組織し

好きな江戸っ子の楽しみまでを市場に乗り込んで力で統制しようとしていた。
を巡回させて、矢場《やば》に女矢拾いがいるといっては厳罰を科したり、初物食いが
「江戸町奉行所 御禁令取締隊」
た、

そんな最中、七代目市川團十郎の、

「芸風と生き方」

が時世にそぐわないものとして目の仇《かたき》にされた。

だが、庶民に圧倒的な人気を誇る七代目を表立って取り締まることは騒乱を招くとしてさすがの鳥居耀蔵も躊躇《ちゆうちよ》していた。

だが、鳥居が七代目を御禁令の外においたわけではない。鳥居耀蔵としては、

「大江戸の飾り海老」

を槍玉に挙げ、その鼻っ柱を折ることで御禁令を広く世間に染み渡らせようとひそかに画策していた。

飾り海老の駕籠が御蔵前《おくらまえ》通りを進み、山谷堀《さんやぼり》に架かる今戸橋《いまどばし》が前方に見えた。

柳橋から猪牙《ちよき》を雇った吉原《よしわら》通いの遊客が、

「七代目成田屋が聖天町のお歌様のところへ行かれるぜ」

と飾り海老の駕籠を見上げた。

山谷堀には船宿が軒を連ね、吉原へと土手八丁を向かう客たちが猪牙を下りて、女将《おかみ》に迎えられる姿が目についた。

飾り海老の駕籠が今戸橋を渡り、八幡社地別当松林院《しょうりんいん》の先を西側へと曲がった。すると辺りは急に寂しくなり、夜の闇が行く手を塞《ふさ》いだ。

提灯持ちが明かりを高く翳《かざ》して闇を確かめた。

竹林がさわさわと風に鳴った。

その瞬間、提灯持ちは身を竦《すく》まされる不安に襲われた。

足が止まった。

「七代目市川團十郎だな」

闇から声が響いた。

「だ、だれだえ」

提灯持ちの若い衆が声を震わせた。

「御触れに反して豪奢《ごうしゃ》な乗り物とは團十郎、肝が太いのう」

引き戸が開けられ、團十郎が顔を覗かせ、

「どなたさまにございますな」

と渋い声で誰何《すいか》した。
竹林から靄《もや》が漂い流れてきた。同時に、
コンチキチコンチキチ……
と鉦《かね》の音が響いた。
「ほう、歌舞伎者に芝居がかりの見世物を見せなさるか」
靄がすっぽりと飾り海老の駕籠と一行を地表から押し包んだ。
鉦の音が早まり、乱拍子に高鳴った。
靄が渦巻き、提灯持ちも駕籠舁《か》きも幻覚に襲われた。
きいききっ
獣の声が響いて、殺気の輪が狭《せば》まった。
「七代目市川團十郎、妾のお歌の通い道がそなたの死出の旅路の一里塚」
靄の奥から声が聞こえた。
七代目がすっくと駕籠脇に立ち、成田山新勝寺《なりたさんしんしょうじ》から頂いた数珠《じゅず》を翳すと十字に切った。
靄が薄れ、鉦の音が乱れた。
だが、七代目の法力を押し戻すように靄が渦巻き、鉦の音が立ち直り、

きいきいきっ

という獣の鳴き声が響くと、それに重なるように、

ひゅっ

と大気を切り裂く音がした。

靄から突然飛び出した小しころが提灯持ちの若い衆の首筋を襲い、

さあっ

と喉仏を切り裂くと横手に飛び去った。

「げええっ」

血を振り撒《ま》いた若い衆がきりきり舞に靄の漂う地表に斃《たお》れ込んだ。

「なんということを」

七代目が再び数珠を翳そうとした瞬間、

「花のお江戸で魑魅魍魎《ちみもうりょう》とは許せねえ」

という啖呵《たんか》とともに石礫《いしつぶて》が靄の漂いくる竹林に投げつけられた。

「あっ」

という絶叫とともに靄が薄れ、竹林のあちこちに灰色の忍び装束をまとった猿《さる》面冠者《めんかじゃ》が姿を見せた。

鉦を手にした一人の猿面冠者が倒れていた。

「おいっ、七代目を亡き者にしたところでご政道が変わるわけじゃねえや。引き揚げねえ！」

小気味のいい啖呵が続き、猿面冠者の一団が闇に溶け込んで消えた。

第一章　大江戸の飾り海老

一

あかの吠え声に夏目影二郎《なつめえいじろう》は目を覚ました。棒手振《ぼてふ》りが長屋に入ってきたか、あかの甘えた声はそんな感じだった。

長屋の男たちは仕事に出かけ、女衆が井戸端で朝餉《あさげ》の後片付けに追われているか、洗濯をしている刻限、五つ半（午前九時）あたりか。

表の腰高障子にあたる光は早くも初夏のような軽やかさと力強さが感じられた。

影二郎は浅草寺《せんそうじ》門前の料理茶屋〈嵐山《らんざん》〉に、いや、もはや料理茶屋の看板を下ろし、浅草寺にお参りにきた人を相手に蕎麦餅《そばもち》などを売る、

「十文甘味《じゅうもんかんみ》あらし山《やま》」

に、改装店開きした初日の様子を見にいった。幸いにも大勢の客が詰めかけ、

「これは鄙《ひな》びた味ですよ」

「この鰯《いわし》のつみれ汁も蕎麦餅に合います」

などと競い合うように食べていて、どれもが好評のようだった。

料理茶屋〈嵐山〉が店仕舞いさせられたのは天保の改革を推し進める老中水野忠邦の豪奢贅沢《ごうしやぜいたく》禁止令に引っかかってのことだ。

そこで影二郎の祖父母の添太郎《そえたろう》、いく、影二郎の想い女《おもいびと》の若菜《わかな》、それに〈嵐山〉の料理人だった弘三郎《こうざぶろう》らが御触れに反しない食べ物屋の開店を目指し、

「十文甘味あらし山」

を新たに立ち上げたのだ。

世の中にあれも駄目、これも駄目の御触れの嵐が吹き荒《すさ》び、それに違反した店や人を取り締まる「江戸町奉行所　御禁令取締隊」がわがもの顔に横行していた。

そんな最中の店開きだ。浅草寺見物の人ばかりか町内の女衆までが詰め掛けて、終日客の声が絶えなかった。

年寄りの添太郎もいくも若菜もほっと安堵《あんど》して、暖簾《のれん》を下ろした後に料理茶屋の時代から残ってくれた弘三郎ら奉公人を交えて、ささやかな祝いの膳を囲み、

影二郎もつい遅くまで話し込んだ。

若菜は泊まっていってという表情を見せたが、明朝早くから仕込みが待っていた。店開きのために数日徹夜が続いていたことも承知の影二郎は三好町《みよしちよう》の市兵衛《いちべ》長屋《えながや》に戻ることにした。そんなわけで長屋には夜半の帰宅となった。

「湯屋に行くか」

影二郎は寝床を出ると手拭《てぬぐ》いと湯銭を懐に脇差《わきざし》だけを帯びた姿で戸を開いた。

すると青物屋が井戸端で店開きをして、女たちとお喋《しやべ》りをしていた。その中に飼犬のあかも混じっていた。

「旦那、もう陽が高いよ」

長屋の住人、棒手振りの杉次《すぎじ》の女房おはるが顔を向けた。

「昨夜は遅かったでな、つい寝坊をしてしまった」

「奉公人なら暇を出されていようが、旦那は主なしの浪人だ。いつ寝ようといつ起きようと気楽だねえ」

「そう申すな。浪々の身は身で世間様に肩身の狭い思いで生きておるのだからな」

「旦那の顔を見て、だれがそんなことを思うものか」

「おはるさん、相すまぬな。目障《めざわ》りついでに朝湯に行って参る」

「はいはい、ご自由に」

主《あるじ》の言葉を理解したか、あかが影二郎の供をする気で立ち上がり、伸びをした。

「あか、ご町内の湯屋じゃぞ」

あかが尻尾《しっぽ》を振って応えた。

「ならば主従でご町内見回りと参ろうか」

長屋の木戸を抜けて路地に出た。どこからか桜の花びらがひらひらと風に乗って主従の足元に落ちてきた。

遅咲きの山桜か。

歳月が過ぎるのは早いな、と影二郎は思った。添太郎、いくと若菜を連れて、冬の上州《じようしゆう》草津《くさつ》の湯に湯治に行ったのはつい昨日のことのようであったが、江戸はいつしか夏の訪れを感じさせる陽光へと変わっていた。

「あか、ここにて待っておれ。帰りになんぞ食わせてやろう」

影二郎は湯屋の入口で待つようにあかに命じた。

利根川《とねがわ》の河原で拾った子犬は今や堂々たる体付きへと成長していた。市兵衛長屋の番犬として住人たちに可愛がられているせいか、優しい顔付きをしていた。

尻尾を振ったあかはぐるぐると大きな体を丸めて座り込んだ。

湯船に町内の年寄りが二人浸《つ》かっているばかりでひっそりとしていた。

「相湯を願おう」

影二郎はざっと洗い流した体を湯にゆっくりと沈めた。年寄りは見知らぬ顔だった。

「浪人さんも朝湯をしているようじゃあ、仕事がねえな」

と職人でもしていた風の年寄りが話しかけた。

「仕事か、ないな」

「いっそ気楽だが懐は寂しいやね」

「山吹色が懐にあったところで使い道もあるまい」

「仰《おっしゃ》るとおりだ。寄席も駄目、女浄瑠璃《おんなじょうるり》も駄目、なんでもかんでも駄目ときちゃあ、よくなる景気もよくならねえや」

「銭《ぜに》は天下のまわりものといってな、動いてこそ世の中に活気を生むんだ。それをなんだえ、天保の改革はよ」

もう一人の隠居も話に加わった。

「水野忠邦様もなにを考えていなさるんだか」

と老人二人の湯談義はつい天下のご政道の批判となった。

影二郎の実父常磐秀信《ときわひでのぶ》は大目付《おおめつけ》の要職を務めていた。それは老中水野忠邦の庇《ひ》護《ご》があっての抜擢であった。それだけに心中複雑な影二郎であった。

影二郎にも水野忠邦の改革がどう推し進められようとするのか、見当もつかなかった。

忠邦の支配下には蘭学嫌いの妖怪、豪奢贅沢禁止令の強力な推進者、南町奉行鳥居耀蔵から穏健派の大目付常磐秀信、さらには下々の事情に通じた北町奉行遠《とお》山《やま》金《きん》四郎《しろう》景元《かげもと》までと多彩な人士が集められ、改革を断行していた。

呉越同舟《ごえつどうしゅう》、寄り合い船の舵取りをただ今のところ握っているのは妖怪鳥居だった。鳥居は名の耀蔵の一字と官名の甲斐守をもじって、「妖怪」と呼ばれていた。

「ともかくさ、おれは南町の奉行のようにさ、威張りくさった野郎がいると思うと虫酸《むしず》が走るんだ」

職人だったと思える年寄りの言葉にもう一人が、

「源《げん》さん、声が大きいよ。南町はあっちこっちに狗《いぬ》を放っているというからね。

滅多なことはいえないよ」

と注意し、ふと気付いたように影二郎を怯《おび》えた顔で見た。

「おれは南町の手先ではないぞ。ご町内、市兵衛長屋の住人だ」

「どこかで見たと思ったら、南蛮《なんばん》の旦那か」

源さんと呼ばれた年寄りがそういった。

影二郎は道中合羽として南蛮外衣を使っていた。それをどこかで見かけたのか。

「おまえさまのじじ様は浅草西仲町《にしなかちょう》で料理茶屋をやっていたな」

「よう承知じゃな。だが、それも御触れによって暖簾を下ろしたわ」

「なにっ、料理茶屋も駄目かえ。いってえ、おれたちから楽しみを根こそぎ奪い取ろうというのかねえ」

「じじ様は十文甘味と称してなんでも十文で食べさせる蕎麦餅屋を開いた。あの辺に行くことがあったら、寄ってくれぬか」

「一品十文《もん》か、蕎麦より安いな」

「料理茶屋の板前が工夫を凝らした品々だ。お代は安いが味は絶品、保証する」

「互いに苦労をするな。ぜひ寄らせてもらうよ」

影二郎は新たに店開きした〈あらし山〉の宣伝をして湯を上がった。

脱衣場で衣服を身につけ、脇差粟田口国安《あわたぐちくにやす》一尺六寸（約四十八・五センチ）を腰に帯びたとき、湯屋の外から下卑《げび》ただみ声が響いた。

「この犬は丸々と太ってやがるぜ。贅沢をさせておるな、ふん縛って叩き殺し、犬鍋にでもするか」

「親分、あか肉は美味《うま》いというぜ」

そんな会話の間にあかの低い唸《うな》り声が入り、

「野郎、歯向かう気か。叩き殺せ」

と乱暴な命《めい》が飛んだ。

影二郎が湯屋の暖簾を分けた。

「罪もなき犬をなんとしようというのか」

影二郎の言葉に浅黒い顔の男が十手《じって》の先で自分の肩を軽く叩きながら、

「この犬は太り過ぎだぜ、贅沢をさせておるな。御触れを知らないわけじゃあるまい、浪人さん」

「その昔、犬公方《いぬくぼう》と称された将軍様もおられたが、時代が変われば変わるものよ。御用聞きがなにもせぬ犬を叩き殺して食おうというのか」

「ご政道に口をはさむな」

「そなた、この界隈《かいわい》の十手持ちじゃないな」

影二郎は御用聞きの親分の背後の手先の幟《のぼり》を見た。例の「江戸町奉行所 御禁令取締隊」だった。

「おおっ、おれっちは川向こうの御用聞きだ。御厩河岸《おんまやがし》之渡しを渡ろうとこの湯屋の前を通りかかったところだ」

「ならば足元が明るいうちに川向こうに消えよ」

と言い放った影二郎は、

「あか、参ろうか」

と飼犬に命じた。

「待った！」

御用聞きが十手を持った両手を広げて主従の行く手を塞いだ。

「名はなんだ」

「まずはそなたの名を名乗ってから聞くのが礼儀だ」

「本所南割下水《ほんじよみなみわりげすい》の光吉《こうきち》親分だ」

幟を掲げた手先が怒鳴った。

「親分も手先も頭が悪そうな野郎どもだな。町内には町内の決まりごともあれば習わしもある。それを川向こうから来て一々《いちいち》揚げ足をとるような真似をいたすでない」

と影二郎が言ったところに湯屋から年寄り二人が姿を見せて、険悪な空気に首を竦《すく》めた。

「言いやがったな！」

光吉が十手を翳《かざ》した。

年寄りの一人が、

「親分、止《や》めておきな。南蛮の旦那に敵《かな》いっこないよ」

と言った言葉が光吉の頭に血を上《のぼ》らせた。

「喰らえ！」

十手を影二郎の眉間《みけん》に叩きつけようとした。

影二郎が手に提げた濡れ手拭いを光吉の鼻先に、
びしり
と叩きつけると突進してきた光吉の腰が浮いて、後ろ向きに地面に叩きつけられ、気を失った。

「ほらね、言わんこっちゃねえや。手先の兄さん、気を失った親分を渡し場まで運んだ運んだ」

　年寄りの言葉に手先たちが影二郎を見た。

　影二郎はそ知らぬ顔で濡れ手拭いを提げて長屋に向かった。その後をあかが従い、

「よっ、当代一！」

　と年寄りの一人が叫んだ。

　長屋に戻る途中、御厩《おんまや》河岸近くの馴染《なじ》みの飯屋に立ち寄った。

「おや、夏目様。あかも一緒ですかえ」

「親父《おやじ》、あかになんぞ食べさせるものはないか」

「昨夜、客が食べ残した鰆《さわら》の焼き物が半身あるが、めしに解《ほぐ》して食べさせようか」

「鰆の焼き物か。贅沢じゃな、贅沢禁止令に触れぬか」

「くそ食らえだよ、旦那。こちとらしがない一膳飯屋にも岡っ引きが来て、台所を見回っていきやがった。最前のことさ」

「川向こうの光吉とか申すげじげじではないか」

「おや、知り合いか」

「あかが太り過ぎて贅沢をさせておる。叩き殺して食らうと吐《ぬ》かしやがったで、少々折檻《せっかん》をしておいた。今頃、唸りながら渡しに乗っておろう」

「やんなすったねえ。よし、あか、鰆のほかに鰹節《かつぶし》もまぶしてやるぞ」

一膳飯屋の親父が張り切った。

「おれには一杯冷やをくれ」

「あいよ」

一膳飯屋の陽のあたる縁台で影二郎は烏賊《いか》の刺身で酒を呑み、あかは鰆と鰹節をまぶしためしを食った。

一膳飯屋の前に痩《や》せた柳があって風に新緑の枝が揺れ、それが主従に影を作って差しかけた。

ゆるゆると時が流れていく。

「御免よ」

と小粋《こいき》な声が響いて、着流しの男が姿を見せた。

「こいつは夏目の旦那、ご一緒させてもらってようござんすか」

と言うと縁台の端に腰を下ろした。

「非番月にございますか、遠山様」

影二郎が北町奉行遠山景元に小声で聞いた。

「まあ、夏目の旦那と同じように暇を持て余してねえ、お節介にもふらふらとぼうふら歩きでこの界隈まで出てきた金さんさ」

夏目影二郎と幕臣遠山金四郎景元とは韮山《にらやま》代官江川太郎左衛門英龍《えがわたろうざえもんひでたつ》などを通して知り合い、気心を許しあった仲である。むろん遠山は影二郎の実父が大目付常磐秀信であることも承知のことだ。

「親父、器と酒をくれぬか」

影二郎が一膳飯屋の親父に注文した。

「門前西仲町では考えられましたな」

「ご存じでしたか」

「〈嵐山〉のような実直な料理茶屋が奢侈《しゃし》禁止令に触れるのはおかしな話でさ」

着流しの金さんの口調で答えた北町奉行は、

「一品十文とはいくら南町の取締隊でも手がつけられまい。それになにより味がいいや」

と賞味した様子で言い足した。

酒が運ばれてきた。

影二郎は金四郎の茶碗に六分目ほど酒を注《つ》いだ。

「昼酒も南にかかれば贅沢かねえ」

と自問するようにいった金四郎は、

「頂戴《ちょうだい》しよう」

と茶碗を顔の前に上げた。そして、ゆっくりと酒を呑んだ。

「影二郎さんに頼みがあってきた」

「それがしで役に立つことならなんなりと」

「芝居がな、禁令に触れると停止《ちょうじ》の沙汰《さた》がおりそうな気配なのだ」

「寄席、女浄瑠璃とくれば、ものは順序だ」

影二郎の答えに金四郎が苦笑いした。

「こんな世の中だ。芝居ばかりがご禁令から自由であるわけもない。だがな、影二郎さん、大江戸の飾り海老が妖怪どのに狙われておる」

「七代目市川團十郎をこたびの奢侈禁止令で罪に落とすとすれば、世間が黙っていますまい。江戸の庶民は成田屋贔屓《びいき》だ」

「さすがに正面きって市川宗家を取り締まれないとみたか、妖怪どのは猿面冠者を使ってきやがった」

金四郎は昨夜の花川戸《はなかわど》の出来事を告げた。

市川團十郎の危難を救ったのは密行していた遠山金四郎景元だった。

「影二郎さん、七代目をつつましやかに暮らさせたとしたら、どんな舞台ができ上がるね。芸なんて、無駄、贅沢、放蕩《ほうとう》の残りかすだぜ。だからこそ艶《つや》も出る、色気も滲《にじ》む。粋も張りも生まれてくる。それをさ、妾がどうのこうの、乗り物がどうのこうの言って、大人しく暮らさせてみねえ、そこから見えてくるのは貧寒としたぬけがら芸だ。江戸の人間が夢見る團十郎は雲の上の人間であってほしいのさ。夢を売るのが千両役者だぜ」

影二郎は金四郎のいう考えがよく分かった。

「妖怪鳥居はそれを潰《つぶ》そうと考えておるのでございますな」

「昨夜はたまたま花川戸を張っていたからさ、猿面冠者を追い払うことができた。だが、金の字でいられるのは限られた時間よ」

影二郎は大きく首肯《しゅこう》した。

「遠山様、七代目のお命をお守りすればよろしいのですね」

「影二郎さんに説明の要もないがさ、命を守るだけでは駄目だ。七代目の芸も守ってくれなければならねえ」

「難しい注文だ」

遠山金四郎は七代目成田屋の矜持《きょうじ》、役者魂、私生活を守れといっていた。

「夏目の旦那ならできる。いやさ、夏目影二郎じゃなきゃあできない話だ」

影二郎はしばし考えて頷《うなず》いた。

「肩の荷が下りたぜ」

とほっと安堵した金四郎が、

「七代目潰しの背景にはどうも歌舞伎の世界も絡んでいるような気がしてね」

「聞かせてくれますか、遠山様」

「影二郎さん、そいつはおめえさんが抉《えぐ》り出してくんな」

「遠山様には不都合な話ですか」

「もし真実《まこと》ならば知りたくもねえ話さ」

と答えた金四郎が立ち上がり、

「馳走《ちそう》になった。この次は金の字に奢《おご》らせてくんな」

というと、
ふいっ

と路地を出て御蔵前通りへと姿を消した。

二

芝居町《しばいちょう》は御免色里《ごめんいろざと》の吉原と並び、一日千両の小判が降る町として知られ、二大悪所とされた。むろんこの悪所の意には、男や女の夢や願いが籠《こ》められてもいた。

江戸の芝居町は寛永《かんえい》九年（一六三二）に禰宜町《ねぎまち》に集められて以来、幕府の意向で大火事の後に度々移転させられた。数多《あまた》ある芝居小屋の中で官許の象徴である櫓《やぐら》を上げ、大芝居を興行できたのは中村《なかむら》座、市村《いちむら》座、森田《もりた》座、山村《やまむら》座の四座であった。

だが、正徳《しょうとく》四年（一七一四）に絵島生島《えじまいくしま》事件が世間を騒がせ、山村座は廃絶となり、中村座、市村座、森田座だけが官許の江戸三座として興行を許されてきた。

この内、中村座と市村座は旧吉原のあった堺町《さかいちょう》、葺屋町《ふきやちょう》、俗にいう二丁町《にちょうまち》へと移転し、森田座だけが木挽町《こびきちょう》と少し離れた場所で櫓を上げてきた。

今、江戸の三座を天保の改革が襲い、大きく揺るがそうとしていた。

影二郎は手拭いを市兵衛長屋に放り込み、脇差の傍らに南北朝期の鍛冶《かじ》・法城寺佐常《ほうじょうじすけつね》が鍛造した大薙刀《おおなぎなた》を刃渡り二尺五寸三分（約七十七センチ）の刀に鍛《きた》え直した大業物《おおわざもの》、

「先反佐常《さきぞり》」

を手挟《たばさ》むと再び町に出た。

あかも供をする気か、無頼《ぶらい》の主に従った。

御蔵前通りを南へ、神田川に架かる浅草橋へと異色の主従はそぞろ歩く。

札差の店頭も倹約、節約の掛け声で活気を欠き、通りを歩く人の数も少なく、暗い感じが漂っていた。

初夏のような光が軽やかなだけに世相の暗さが際立った。

橋を渡った主従は両国西広小路《りょうごくにしひろこうじ》の雑踏に入り込んだ。

火除《ひよ》け地として広げられた東西の広小路には髪結床《かみゆい》十数軒、葦簀《よしず》張りの見世物小屋、水茶屋、露天商などが請負人に場銭を払って、橋を渡る人、広小路に見物にきた人を相手に営業していた。

ぞろぞろと押し合いへし合いする雑踏がいつもより空《す》いているように影二郎に

は思えた。それを見て広小路に入り込んだ。

影二郎は広小路を西から東に抜けて、大川《おおかわ》の川沿いに薬研堀《やげんぼり》へと抜けようと考えたのだ。

「だれだえ、犬なんぞを連れて広小路に紛れ込んできた野郎はよ」

「叩き出せ。犬に小便などひっかけられてたまるものか」

と路面に古着を広げた小商人《こあきんど》が転がっていた竹棒を手に立ち上がり、あかを殴りつけようとした。

世間が殺伐として、あかも立て続けの災難だった。

「許せ、おれの飼犬だ」

影二郎に睨《にら》まれた古着売りが息を呑み、

「旦那の犬かえ。人込みに犬を連れて歩くのは剣呑《けんのん》だぜ」

と言いながら竹棒を下ろした。

「帰りは遠回りしていこう」

「そうしてくんな」

主従は広小路の雑踏を避けて、米沢町《よねざわちよう》の裏へと入った。

急に喧騒《けんそう》が遠のき、静かな家並みが現われた。俗に土地の住人が柳橋《やなぎばし》と呼ぶ界隈から御家人屋敷が連なる武家地に入るとさらに静けさが増した。いや、静けさとは違う、虚脱したような活気のなさが武家地を覆っていた。

「あか、気をつけな。捕《つか》まえられて鍋にでもされかねないぜ」

手入れが行き届かず、門扉が傾《かし》いだ武家屋敷から大風呂敷を背におった手代《てだい》が姿を見せた。大方、内職の品を集めて回っているのだろう。

直参旗本《じきさんはたもと》と威張ってみても一家総出で虫籠《むしかご》造りや団扇《うちわ》張りの内職に精を出さなければ糊口《ここう》を凌《しの》ぐことができなかった。

武家地を抜けると入堀にぶつかり、主従は古着屋が雲集する富沢町《とみざわちよう》を堀越しに見ながら、一本下流の高砂橋《たかさごばし》で向こう岸へと渡った。

高砂町の通りから南東に旧吉原が広がっていたが官許の色里は遠く浅草へと移転させられ、百八十五年の歳月が過ぎていた。

明暦《めいれき》の大火の後のことだ。

遊女の吐息も嫖客《ひようかく》の溜息《ためいき》も遠い昔に消えたはずなのに町並みがどことなく艶《なまめ》かしいのは遊女や客の想いが止《とど》まっているせいか。

影二郎とあかは芝居町堺町へとようやく到着した。

七代目團十郎や三代目の菊五郎《きくごろう》が競い合う芝居町は朝早くから夕暮れまで華や

かだった。着飾った女衆や旦那衆が芝居茶屋を目指し、宿下がりのお女中の乗り物が人込みを分けていた。

八つぁん熊さんの芝居見物ならいざ知らず、身分のある方、大店《おおだな》の主、内儀は木戸札を予約するために芝居茶屋に上がった。

中村座の周辺には大茶屋《おおぢゃや》と称されるものだけで十六軒が軒を連ね、無数の小茶屋や裏茶屋が雲集して芝居小屋に景気をつけていた。

上客は芝居茶屋に上がって一服し、頃合を見て、番頭に案内されて芝居小屋に入った。また長時間の芝居見物の合間には幕の内弁当、酒などが茶屋から届けられ、芝居がはねた後には再び芝居茶屋に戻り、酒宴と変わった座敷に贔屓《ひいき》の役者を呼んだりした。

なにしろ江戸期の芝居の興行時間は明け六つ（午前六時）から夕七つ半（午後五時）と長丁場だ。それだけに芝居茶屋は趣向を凝らして客の芝居見物と茶屋遊びを飽きさせないようにした。

芝居小屋は月々で出し物が決まっていた。

一月は「初春狂言」で元日には「翁《おきな》渡し」や「仕初《しぞ》め」で始まり、演目は曾《そ》我《が》物が出された。

二月は初春狂言が続き、三月になると「弥生《やよい》狂言」が三月三日に幕開けした。

この月は「御殿物」と称する「加賀見山」「先代萩」など御殿女中が大勢舞台を飾る芝居が演じられ、御城の奥女中、各大名家の御女中衆が見物に押しかけた。

また二番目の演目は「助六《すけろく》」など市川團十郎が威勢を張るのが吉例であったという。この「助六」がかかると魚河岸、蔵前、吉原と一日千両の連中が後援し、旦那衆が河東節《かとうぶし》で出て華やかさを添えたという。

櫓を見上げると釣看板が上げられて威勢を添えているはずだった。

だが、影二郎とあかが踏み入れた二丁町は人の賑わいは別にしてくすんだ空気が漂い流れていた。

幕府の打ち出した豪奢贅沢禁止の触れの影響もあった。だが、それ以上に芝居町を暗くしているのは昨年十月七日に発生した火事だ。

中村座の楽屋から火が出て、隣町の葺屋町の市村座をも類焼させた。

この火事で中村座も市村座も焼け落ちて、ただ今は仮小屋の営業だ。

官許の芝居小屋とはいえ、天井も葦簀《よしず》張りで外に造られた厠《かわや》の臭《にお》いが通りに漂ってきた。

享保《きょうほう》二年（一七一七）以後、芝居小屋の屋根が瓦で葺《ふ》かれ、塗屋《ぬりや》の本建築に変わった。

芝居小屋は間口十二間半《けん》（約二十二・七メートル）、奥行き二十一間（約三十八メートル）、半棟高二丈八尺七寸（約八・七メートル）で内部の楽屋は三階造りであった。だが、三階の建物は許されないために中二階、二階と呼称して幕府からお目こぼしに与《あずか》ってきた。

舞台は三間に四間、せり上がりと廻り舞台が設けられていた。

客席は平土間《ひらどま》、高土間《たかどま》、桟敷席《さじき》に分けられ、平土間はマセという木材の仕切りで囲まれ、一枡《ます》に四人から六人が詰めた。

一階と二階の桟敷席は芝居茶屋を通した上客でないと入ることはできなかった。

こんな風景はすべて楽屋から出た火事で灰燼《かいじん》に帰《き》していた。

仮小屋の楽屋口には法被《はっぴ》を着た若い衆がいて芝居者の恰好をして小屋に潜りこもうという不届き者を見張り、役者衆の送迎をしていた。

影二郎とあかは若い衆の不審の目を感じながら裏手に回り込んだ。すると人影もない路地が寒々と見えた。

芝居小屋を挟んで稲荷社《いなりしゃ》があった。

役者衆がお参りするのか役者の名が記された赤幟が林立していた。

さてどうしたものか。

無粋な生き方をしてきた影二郎には芝居小屋と関わりのある人間や役者衆とは縁がない。

（なんぞ手立てを考えねばなるまいな）

中村座を一回りした影二郎とあかは再び芝居小屋の表に戻った。

思案する影二郎の目に「江戸町奉行所 御禁令取締隊」の幟が激しく動くのが見えた。さらに目の端に一軒の芝居茶屋の裏手に十三、四くらいの小僧が駆け込むのを見た。

土地の御用聞きが、芝居見物の客を蹴散らすようにやってきた。

「ちくしょう、どこに隠れやがった」

「親分、悪さをしたのは小僧のちぼ（掏摸《すり》）だぜ。ちょろちょろしやがって逃げ足が早いや」

「馬鹿野郎、小僧っこに馬鹿にされてたまるか」

親分と子分が影二郎の前で言い合った。幟には生卵がかけられ、汚されていた。

御用聞きがじろりと影二郎とあかを見た。

「旦那、この辺に餓鬼の掏摸がこなかったか」

「餓鬼の掏摸な、顔に掏摸とでも書いてあれば目に留めたかもしれぬが分からぬな」

「虚仮《こけ》にすんじゃねえぜ」

「人が親切に答えておるのにその返答はなかろう。教えてやろうと思うたが止めた」

「見たんだな」

「ああっ、小僧が一人、芝居小屋の裏手に逃げ込んだのをな」

「よし、行くぜ」

御用聞きらは幟をおっ立てて中村座の仮小屋の裏手に走った。

影二郎とあかは小僧の掏摸が逃げ込んだ芝居茶屋光月《こうげつ》の裏へと回った。路地の天水桶《てんすいおけ》の陰から人の気配がした。

「御用聞きはちぼと呼んでおったが確かか」

天水桶ががたと鳴って小僧が顔を覗かせた。

「掏摸なんかじゃないわい」

「ならば御用聞きをなぜ怒らせた」

「米搗《つ》きばったの千造《せんぞう》がうちの姉様を苛《いじ》めたからよ、仕返しをしただけだ」

「幟に生卵を投げたのはそなたか」

「おう、そうよ」

「姉様が苛められたとはどういうことだ」

「うちの姉様は女浄瑠璃だ。それが御触れに触れるってんで商いが禁じられたばかりか、千造は仕事がなくなった姉様に吉原に身売りしろとしつこく言い寄るんだ。それでおれがあいつの幟に生卵を投げたのよ」

「米搗きばったの親分とは変わった名だな」

「岩代町《いわしろちょう》に一家を構える御用聞きだがよ、土地の旦那衆にはへこへこと頭を下げるんだ。それで町内の人は陰で米搗きばったの親分と呼んでいるのさ」

「おもしろいな」

「おもしろかねえや」

「名はなんという」

「おれか、玉之助《たまのすけ》だ」

「芝居町らしいいい名だ」

「浪人さんはなんて名だ。人に名を聞くときゃあ、己から名乗るもんだぜ」

「これはすまなかった。夏目影二郎に飼犬のあかだ」

「住まいはどこだ」

「浅草三好町だ。承知か」

「知らねえ」

「御厩河岸之渡しを知っておるか」

「それならば知っていらあ」

「その近くの裏長屋住まいだ」

あかが突然吠え出した。

幟が見えて、米搗きばったの親分一行が姿を見せた。

「騙《だま》しやがったな」

「米搗きばったの親分、騙したわけではないが影を見間違えたようだ。すまぬな」

「米搗きばっただと、吐《ぬ》かしやがったな」

「おや、おまえは異名《いみよう》を承知か」

「野郎ども、玉之助と一緒にこの浪人者もふん縛れ。叩けばいくらでも埃《ほこり》が出ようぜ」

「おれと玉之助は先を急ぐ。機会があらばまた会おうか」

と千造に言い捨てた影二郎は玉之助に、

「行こうか」

と誘いをかけた。

「待った」

千造が十手の先で影二郎の胸を突《つ》こうとした。

「触るでない」

「おめえ、名はなんだ」

「夏目影二郎」

「夏目だと、どこかで聞いた名だぜ。待てよ、てめえは聖天《しょうでん》の仏七《ぶつしち》を殺《あや》めて小《こ》伝馬町《てんまちょう》送りになった野郎じゃねえか。島抜けをしやがったな」

「千造、無駄な詮索は止めておけ。火傷《やけど》をすることになる」

「玉之助なんぞはどうでもいいや。こいつをふん縛って手柄にするぞ」

千造が十手を翳した。

影二郎が千造の内懐に飛び込むと手が躍った。

首筋を手刀で叩くと、くたくたとなった千造の膝ががくんと折れてその場に倒れ込んだ。

一瞬の早業《はやわざ》だ。

「親分！」

手先たちが叫んだ。

「命に別状があるわけではないわ。引っ担いで帰れ」

影二郎の言葉に手先たちが親分の体に飛びついた。

それを見ながら影二郎は、

「玉之助、あか、行くぞ」

と芝居茶屋の裏手をあとにした。

四半刻（三十分）後、影二郎と玉之助とあかは、銀座の南に掘り抜かれた入堀に面して露店を構えた団子屋にいた。

四つほど竹串に差した団子を黄《き》な粉《こ》でまぶしたものが四文だ。

「浪人さん、奢《おご》ってくれるのか」

「ああ、おれのも食え」

あかが欲しそうな顔をした。

「おまえも欲しいか」

あかは尻尾を振って答えた。

「団子屋、もう一串くれぬか」

「へえっ。お犬様に団子一丁」

影二郎が受け取り、団子を串から外して差し出すと嬉《うれ》しそうに食べた。

「うまいか」

「浪人さんよ、六助《ろくすけ》爺さんの団子はこの界隈の名物だ。千両役者だってよ、買っていくんだぜ」

「名物団子を千両役者が食べなさるか」

「浪人さん、日中だというのに江戸の町を歩き回っていいのかい」

「おれが島抜けをしたと心配しておるのか」

「違うのか」

「御用聞きを殺めたのは確かだが、事情があってのことだ」

「なんの咎《とが》めも受けなかったか」

「玉之助、この世の中には裏道もある」

「銭さえあればな。だが、浪人さんの持ち合わせは団子のお代くらいだろうが」

玉之助は言い放った。

「浪人さん、団子の礼だ。おれにできることをやらしてくんな。芝居町の人間はよ、義理や礼儀を欠いちゃ生きていけねえんだ」

「玉之助になにができるかな」

と答えた影二郎は暮れなずむ空に目をやった。

「おれがなにもできねえと思っているな。おれはこう見えても二丁町の森羅万《しんらばん》象《しょう》に詳しいんだぜ」

「玉之助、森羅万象とはまた難しい言葉を承知じゃな」

「戯作者《げさくしゃ》の鶴屋南北《つるやなんぼく》先生に教わったんだ」

「そなた、南北先生を承知か」

「おう、五世とは昵懇《じっこん》よ」

「よし、紹介してくれぬか」

「お安い御用だ」

玉之助は団子の串を捨て、立ち上がった。

鶴屋南北は初世から三世までは役者であった。

四世が狂言作者に転じて、初世桜田治助《さくらだじすけ》に入門し、文化《ぶんか》八年（一八一一）に鶴屋南北を襲名した。世話物を得意として「東海道四谷怪談」「天竺徳兵衛《てんじくとくべえ》韓《いこく》噺《ばなし》」など歌舞伎史に残る名狂言を書いた。

大南北《おおなんぼく》といわれる所以《ゆえん》である。

五世は大南北の女婿《むすめむこ》の養子であり、大南北に対して孫太郎南北、小南北と称された。この弟子に河竹黙阿弥《かわたけもくあみ》がいる。

小南北は堀江六軒町新道《ほりえろっけんちょうしんみち》の小体《こてい》な一軒家に仕事場を構えていた。

三

寛政八年（一七九六）に生まれた鶴屋小南北はこのとき四十七歳であった。狂言作者として四世が余りにも偉大過ぎ、さらに弟子の河竹黙阿弥との間に挟まれたようにどことなく影の薄い存在であった。

玉之助は外から、

「歌舞伎の先生よ、いるかい」

と大声を上げて、戸を開いた。すると年よりもはるかに老《ふ》けた戯作者が上目遣いに訪問者を見た。

「仕事の注文ではなさそうだな」

「先生に注文があるものか」

玉之助はずけずけと言った。

「はて、どこかで見たような」

小南北が影二郎を見て、呟き、

「用事なれば上がりなされ」

と言った。

影二郎は玉之助に小銭を渡し、

「あかと一緒にこの界隈を一回りしてきてくれ」

と頼んだ。

「あいよ」

玉之助が気軽に受けて、

「おまえの名はあかか。芝居町を案内してやるぞ」

と連れ出した。

影二郎は先反佐常を腰から抜くと土間の玄関から小座敷に上がった。

「思い出した。おまえさんはあさり河岸の鬼と呼ばれた夏目影二郎様だねえ」

あさり河岸には鏡新明智流《きょうしんめいちりゅう》桃井《もものい》春蔵《しゅんぞう》が道場を構え、無頼の世界に落ちた十

八歳の影二郎はただひとつ剣術だけは熱心に修行し続けて、

「位《くらい》の桃井に鬼がいる……」

と恐れられていた。

小南北が言うのはその時代の話だ。

「はて、風の噂に聖天の仏七とかいう御用聞きを殺して惚れた女の仇を討ったと聞いたがねえ」

「小伝馬町で流人船《るにんせん》を待つそれがしのところにさる人物から誘いかけがございまして、思いがけなくも牢の外に出されました。以来、影の暮らしをしております」

「影の暮らしか。この私と同じような生き方をなさっておられるか」

と苦笑いした小南北の周りには和漢の書が今にも崩れそうに山積みになっていた。

「あさり河岸の鬼がなんの用事かな」

「これまで無粋な生き方をしてきまして芝居のことはなに一つ知りませぬ。そこで五世にお伺いをと訪ねて参った次第です」

「芝居のなにが知りたい」

小南北が漠然とした影二郎の問いをついた。

「昨夜のことです。七代目市川團十郎が襲われました」

影二郎は金四郎から聞いた話を掻《か》い摘《つま》んで小南北に告げた。

「なんと市川宗家が襲われなすったか」

「それがしが首を突っ込む羽目と相なった」

「おまえさまの影の暮らしの察しがつくな。念をおすこともあるまいが、七代目を守る役だな」

影二郎は頷いた。

「七代目を狙うという相手はだれだな」

「こんなご時世です。絹物は駄目、寄席も駄目、女浄瑠璃も駄目、そんな時代に七代目は敢然と己の生き方を貫いておられる。そんな七代目が憎いと目の仇にするのはおよそ知れておりましょう」

「南の妖怪奉行どのか」

小南北が吐き捨てた。

「表立っては姿を見せてはいない。だが、怪しげな猿面冠者の一団を率いるのが南町奉行であることは、これまでのそれがしとの因縁から申しても確かなことでた。

「妖怪が七代目に目をつけたとあっては厄介だな」

小南北は長火鉢の上にあった煙管《キセル》を手にして刻みを詰め、煙草盆《たばこぼん》の種火を移した。

すぱっ
と一服紫煙を吹き上げた小南北は、

「さて分からぬ」

と呟いた。

「そうではないか。七代目を狙う者が数寄屋橋《すきやばし》の頭目なれば、おまえさん、なぜ数寄屋橋に行かれぬ」

「それがしを焚《た》き付けたお方は七代目の命を狙う背景には芝居者の諍《いさか》いが関わっているやもしれぬと言われた。となれば、一応つぼを押さえておこうと思うたが、最前申したとおり、この世界にはいたって無粋者でしてな」

点《つ》けたばかりの煙管の雁首《がんくび》を煙草盆に、
発止《はっし》！

と叩きつけた小南北が、

と叫んだ。そして、燃えさしを捨てた煙管を口に咥《くわ》えて考え込んだ。

四世鶴屋南北が文政《ぶんせい》十二年（一八二九）に亡くなり、十三年の歳月が過ぎていた。だが、養子の五世南北は四世の足元にも寄れない苦渋の戯作世界を生きていた。

影二郎は小南北と呼ばれ、大看板の陰でひっそりと韜晦《とうかい》して生きる戯作者の家を見回した。四世南北の孫というが、女の影はこの家に全く見えなかった。

本宅は別の場所にあるのか。

「さて、妖怪どのと二丁町の思惑やら葛藤《かっとう》が絡み合う話かねえ」

と首を捻《ひね》った小南北は、

「おまえさまが七代目を守って下さるというから、私の知ることを話そうか。だが、それがこたびの一件と関わっているかどうかは保証の限りではないよ」

「承知いたした」

「七代目は立ち昇るお天道様、日輪だ。生き方もそうなら芸も大きく、力強いや。だが、それを浮き上がらせる相手がいるからこそ七代目が際立つ」

「お月様の役は三代目尾上菊五郎と申されるので」

「剣術《やっとう》の達人もその程度はご存じのようだな」

影二郎は苦笑いした。

若菜や長屋の女衆が話すことを聞いていれば、その程度は察しがついた。

「もっとも、後にも先にもそれがすべてだ」

「三代目菊五郎は七代目團十郎より七つ年上だ。市川家と尾上家を比べれば月とすっぽんさ。だがね、こと役者としての器量を問うなれば三代目も七代目も遜《そん》色《しょく》なく、二人して名人上手と呼ばれて不思議はない。だが、芝居の世界は名跡《みょうせき》が役者の格まで決めてしまう、三代目は悔しかろうさ。うちの先代は七代目にも三代目にも狂言を書いて競い合わせなすった。だが、私の見るところ大南北は七代目團十郎の芸に惚れていたねえ。その微妙な違いを三代目菊五郎は見抜いていたと思う……」

歌舞伎役者にとって一番の出世は座頭《ざがしら》として一座を率いることだ。

菊五郎は三十四歳で座頭になったが、團十郎は二十三歳で務めた。

その二年後の文化十二年（一八一五）、團十郎は大立者《おおだてもの》松本幸四郎《まつもとこうしろう》、坂東三津《ばんどうみつ》五郎《ごろう》と並んで千両をとる役者だった。だが、七つ年上の菊五郎は九百両に留め置かれていた。

この威勢を背景に團十郎は菊五郎の当り役、岩藤《いわふじ》、累《かさね》、天竺徳兵衛などを次々に演じて見せた。

尾上家にとって岩藤はとくに大事な当り役であった。

「……年を重ねるにつれ、七代目團十郎と三代目菊五郎の差は開くばかりだ。役者の位付け、給金、人気、すべてに七代目が上をいきなさった。若い頃の菊五郎さんはさ、ほんとうに水も滴《したた》るいい男ぶりでねえ、当人もおれはどうしてこんなにもいい男だろうと心から思いなさったし、端《はた》に公言もなされていた。だがね、どうしても敵わない相手が七代目團十郎さんだ。そんな二人を決定的に仲違《なかたが》いさせる事件が起こった。今から、二十年以上も前の話だ。文政二年（一八一九）三月、弥生狂言に中村座と玉川座で『助六』の競演が行われたのさ。中村座の助六は三代目尾上菊五郎、玉川座は七代目市川團十郎だ。どちらも意休《いきゅう》、揚巻《あげまき》、白酒売りに人気役者を揃えての興行に江戸は沸きに沸いた。裏長屋の娘っ子から紀《き》伊《い》藩のお姫様までが両座に押しかけるほどの人気ぶりだ。ところがさ、『助六』は市川宗家の代々の家狂言、海老様の團十郎が演じてきた大事な演目を三代目菊五郎はなんの断りもなしに演じなさったのだ。菊五郎にすれば、岩藤《いわふじ》など数々の当り芸を團十郎に演じられてきたという思いがあったろう。だが、市川家と尾上家の格が違った。菊五郎が一言、断りをいれればなんの諍《いさか》いもなかったことだが、今までの因縁もあり、無断で同じ月に芝居にかけた」

「團菊の確執の因縁はそんなに古いのでございますか」

「古い古い。この世界、広いようでせまい世界さ。一旦事が起こってこんがらかるとなかなか仲直りはできない」

と小南北が笑った。

そして、長火鉢の鉄瓶《てつびん》から白湯《さゆ》を注ぎ分け、影二郎にも出した。

「これは恐縮」

「助六」を演じるということは他の世界との関わりもあることでもあった。

市川家が「助六」を演じるとき、吉原からは助六（團十郎）に蛇の目傘、煙管、揚巻には長柄の傘、箱提灯が贈られる習わしがあった。

この「助六」は吉原を賑わした十八大通《じゅうはちだいつう》の札差の大口屋暁雨《おおぐちやぎょうう》らの遊びぶりが元になっていたからだ。

また同じく一日千両が動く魚河岸からは助六に鉢巻用縮緬《ちりめん》、下駄、蔵前の札差からは小屋の前に積み物が贈られる習慣があった。

この「助六」競演の折り、菊五郎も吉原に習わしの贈り物を頼みにいった。だが、吉原では市川家ならではの贈り物と困惑した。

知恵者に相談した末に菊五郎と揚巻に引き幕を贈ることで「助六」上演に際しての格別の贈り物はなしとなった。

「確かに『助六』の中村座、玉川座競演は江戸の評判を呼んだがねえ、團十郎は團十郎で菊五郎は一言の断りもなしに演じやがったという腹立たしさが残り、菊五郎は菊五郎でどんなに助六を演じてみても團十郎とは同じ扱いにしてくれぬかという苦々しい思いが残った」

「それが今も続いておるので」

「仲に入る人がいて、仲直り公演が行われたがねえ、そいつは空しく終わった。そこでさ、三年後の文政五年に五代目岩井半四郎《いわいはんしろう》が二人の間に入り、市村座で顔見世狂言を催し、うちのじいさまの『御贔屓竹馬友達《ごひいきつわものまじわり》』を演じてみせ、形としては仲直りができた」

と一息入れた小南北は白湯を呑んだ。

「私が見るところ、七代目團十郎と三代目菊五郎を競わせ、煽《あお》り立てたのはうちのじいさま、鶴屋大南北ですよ。むろんこれは戯作の中で役としての話だ。そいつを小屋主や金主がさらに大きく煽り立て、世間は芝居の世界と現《うつつ》の世界を混同して騒ぎ立てた。これがさ、今も当人同士はどうかしらないが、周りの連中は、市川家に負けるものか、尾上なにするものぞという対抗心が続いておりますのさ。もっともおまえさまを唆《そそのか》したお方がこのことを指したかどうかは私には見当もつかない。もし芝居の世界に七代目團十郎への対抗心があるとしたら、この辺りしか考えつかぬのだ」

影二郎は大きく頷いた。

「三代目菊五郎の取り巻きの中で七代目に危害を加えようという乱暴者はおりますかな」

「夏目様、こいつは巷《ちまた》の噂話だ、真偽は知らないよ。菊五郎を近頃応援する者に唐国屋義兵衛《からくにやぎへえ》という大商人がおられる。商人というより大工、左官、鳶《とび》の連中を多く抱えた頭目でねえ、周りには頭領と呼ばれている男だそうだ。出自も顔もはっきりしていませんのさ。会った人間は限られておりましょう」

「胡散《うさん》臭いな」

「夏目様、見てのとおりだ。昨年の十月に中村座と市村座は火事で燃えた、そこで待っていたとばかり、幕府では二座を浅草猿若町《さるわかまち》へと追い出そうという企《たくら》みを実行に移しなされた。いずれ木挽町の森田座も猿若町に移されるという。二丁町は芝居町の異名、二百余年近くも続いた堺町と葺屋町のことですよ。この火事もねえ、二座を追い出すための火付けという噂が絶えませんのさ、それはさ、浅草猿若町に移される中村座、市村座の普請《ふしん》を唐国屋さんが請け負うという話と相まって根強く残ってますのさ」

「唐国屋義兵衛ねえ、初めて聞いた」

「ともかくこの十数年に急速に力をつけてきた大商人ですよ」

「一家はどちらに構えておりますな」

「霊岸島《れいがんじま》新堀の湊橋《みなとばし》の近くと聞いたことがございますよ」

「この唐国屋が三代目尾上菊五郎さんの後ろ盾なんでございますな」

「近頃では楽屋にも出入り自由と聞いておりますよ。そのときは頭巾で面体《めんてい》を覆っているという話です」

「助かった、南北先生」

「話の真偽は定かではございませんよ、じいさまが心から惚れた七代目の危難というから喋りました。夏目様、おあとはおまえさまにすべてお任せいたしましょうか」

「承知した。南北先生を裏切る真似だけはせぬ」

影二郎は先反佐常を手にすると五世鶴屋南北の仕事場を出た。すると、ちょうど玉之助とあかが戻ってくるところだった。

「玉之助、助かった」

「相身互いだぜ」

影二郎と玉之助とあかは連れ立って夕暮れの堺町に戻った。

「玉之助、なんぞ困ったことがあらば浅草三好町の市兵衛長屋に参れ。おれができることなれば手伝おう」

「おれに会いたければさ、芝居小屋の呼び込みに聞くことだ」

「だが、中村座も市村座も仮小屋のまま、本普請は先の話、浅草猿若町というではないか」

「なんともむなくそ悪い話だ。だれ一人、芝居者は猿若町なんてところに引越しなんてしたくはねえんだぜ」

影二郎は小さく頷くと、

「気をつけて戻れ」

と通りで別れた。

芝居町を出た主従は銀座の横手を流れる入堀沿いに東へと下った。

越後《えちご》国椎谷《しいや》藩一万石の堀《ほり》家の上屋敷など武家屋敷の前を通り、常夜灯が力を増す蛎殻町《かきがらちょう》へと出た。

堀に架かる永久橋《えいきゅうばし》を渡り、箱崎町《はこざきちょう》を霊岸島新堀へと向かえば、湊橋に出る。

唐国屋義兵衛の店は北新堀町の一角に堂々とあった。角地に間口二十数間の店構えを示して、広い土間には職人衆が大勢集まっていた。

金看板には、

「諸普請請負諸道具扱唐国屋」

とあった。

広く開けられた布の日除《ひよ》けには丸に唐の字の印が染め出されていた。

河岸を挟んで霊岸島新堀に大きな船着場があって、荷船、早船、猪牙舟などが丸に唐の字の旗を立てて繋《つな》がれていた。

店頭、船着場の職人衆を仕切るのは唐国屋の印半纏《しるしばんてん》を着た連中だった。明日の仕事の手配をしているのか、大声が響き、職人の親方がきびきびと答えていた。

影二郎はこのような店ができていることに気がつかなかった。

明朝の仕切りが終わったか、店から職人衆が消えていった。

刻限は暮れ六つ半（午後七時）は過ぎていよう。

唐国屋では店の前の掃除を小僧たちが始めた。

すると店の中から番頭と思《おぼ》しき男がすたすたと出てきて、影二郎の前に立った。

「おまえさん、なんぞ御用ですか。先ほどから店先を覗き込んでおられるようでしたがな」

「威勢がいい商いをなさっておるのでな、つい惚れ惚れと見入っていた。迷惑か」

「近頃は物騒《ぶっそう》な世の中です。そうじろじろと店を見張られておりますと盗人《ぬすっと》かなにかと間違われますよ」

「番頭、犬連れで盗人もあるまい」

「お名前を聞いてもよろしゅうございますか」

「夏目影二郎と申す浪人者だ」

番頭がはっとした顔を見せた。それが常夜灯の明かりに確かめられた。

「そなたの名はなんだ」

「唐国屋の大番頭、静蔵《せいぞう》と申します」

と答えた静蔵は、

「夏目様、お父上は大目付常磐秀信様にございますな」

「そなたはお上《かみ》の裏にも詳しいか」

「商いは常にご政道を守らねばなりませぬでな。幕閣の動静にはそれなりに耳目を開いてございますよ」

頷いた影二郎は、

「静蔵、また会うことになりそうだ」

と言い残すと、あか、長屋に戻ろうかと飼犬に言いかけた。

四

夏目影二郎とあかの主従はその日、何度目かでまた、芝居町に戻った。すでに仮小屋での芝居は跳ね、客たちの姿は通りから消えて、芝居茶屋の明かりが力を増していた。

影二郎がふと見ると、芝居茶屋の一軒に飾り海老を描いた駕籠が止まり、成田屋の半纏を着た提灯持ちや駕籠舁きたちが立っていた。

七代目市川團十郎が客に挨拶回りする姿だろう。

「あか、ついでだ。七代目の暮らしを見せてもらうか」

主従がしばらく待っているときびきびとした動きの市川團十郎が芝居茶屋の女将《おかみ》らに見送られて出てきた。

大江戸の飾り海老と江戸の人々に熱狂的に支持される七代目の、意外にも小柄な姿に影二郎は意表をつかれた。

歌舞伎十八番を定め、自らを神格化させた七代目の舞台での大ぶりは芸の力なのか。

影二郎の目の前で駕籠に乗り込んだ七代目はそれから三軒ほど芝居茶屋を巡り歩いた。どこも挨拶程度で早々に引き揚げた七代目の駕籠はようやく芝居町を出た。

新材木町の河岸に出た駕籠は親仁橋《おやじばし》、思案橋《しあんばし》と進んで小網町《こあみちょう》の河岸で待ち受けていた船に駕籠ごと乗せられようとした。

影二郎は辺りを見回した。

日本橋川の上流、思案橋を渡ったところに猪牙舟が客待ちをしていた。

影二郎とあかは橋を渡り、

「舟を願おう」

と頼んだ。

艫《とも》に腰を下ろし、煙草を吸っていた船頭が舟の縁に煙管の雁首《がんくび》を叩きつけて、煙草の火を水面に落とすと、

じゅっ

と音をさせて消した。

「犬連れの客かえ、吉原というわけではなさそうだ」

「無粋な話だ。岸を離れたあの船をつけてくれぬか」

艫に立ち上がった船頭が闇を透《す》かして、

「飾り海老の駕籠となると、七代目が大川渡りをなさる姿だ。おまえさま、なんぞ七代目に因縁でもつけようという魂胆か」

船頭が腕を撫《ぶ》すと影二郎を睨んだ。

「見てのとおりの浪人者だが、大江戸の飾り海老になんぞ悪さをしようという話ではないわ。七代目がだれぞに狙われているという噂にさ、お節介をしようという酔狂者だ」

「押しかけの用心棒かえ」

「まあ、そんなところだ」

船頭は納得したか、舫《もや》いを放し、棹を突くと緩やかな流れに猪牙を乗せた。

七代目團十郎を乗せた船は半丁ほど下流を大川河口へと下っていた。駕籠を乗せた上に船の舳先《へさき》と艫に立てられた棹に、飾り海老の紋章を入れた提灯を立てているのだ。見逃す気遣いはなかった。

「七代目は川向こうにお妾を囲っておいでか」

「仙台堀蛤町《はまぐりちょう》にお香《こう》さんと言われる美形を囲っておられるのさ。お香さんはさ、新右衛門町《しんえもんちょう》の小間物屋山城三条《やまきさんじょう》の娘ごでさ、父親が七代目贔屓で娘のうちから座敷に連れていくうちに互いが惚れ合ったという次第だ」

「親父どのは驚かれたろう」

「それが山城三条の旦那はさ、七代目とならばいたし方なし、下手な男を旦那に持つよりは世の中いっそおもしろかろうと快く許されたという話だ。蛤町の妾宅も山城三条が用意したものだそうだ」

「無粋者には分からぬ話だな」

「市川團十郎は江戸の人間にとっては神仏と同じく崇《あが》め奉るお方よ。舞台での七代目は生き仏、生き神様だからな」

と船頭が言い切ったとき、七代目の駕籠を乗せた船は鎧《よろい》ノ渡しを過ぎ、小網町河岸も三丁目に差しかかろうとしていた。すると駕籠から團十郎が出てきた気配があった。

「おや、七代目、どうなさる気だ」

船頭が訝《いぶか》しげに呟いた。

團十郎の乗る船は湊橋を潜《くぐ》ろうとしていた。

その先には三代目尾上菊五郎を贔屓にするという唐国屋義兵衛の船着場と店があった。

七代目團十郎は船の舳先に向かうと、湊橋下の闇から河岸の常夜灯の明かりと月明かりが川面にほんのりと投げる中にすっくと立った。すると小柄な体が何倍にも大きくなったように見えた。

影二郎らは半丁手前からその無言劇を目撃することになった。

七代目は市川宗家が得意とする荒事を船の上で演じようとしていた。それも演じて見せようという相手は菊五郎を贔屓にする唐国屋義兵衛だ。

七代目は昨夜の襲撃に唐国屋が関わっていることを承知していた。あるいは定かではないが挑発して白黒をつけようとしていた。

「浪人さん、七代目は『押戻《おしもど》し』をやろうとなされていらあ。こいつは見物《みもの》だねえ」

芝居通か、船頭がいった。

初代團十郎が荒事を創始したのは十四歳の折り、延宝《えんぽう》元年（一六七三）、「四天《してん》王稚立《のうおさなだち》」で坂田金時《さかたのきんとき》を演じたときとも、貞享《じょうきょう》二年（一六八五）の「金平六条《きんぴらろくじょう》通《がよい》」の金平に扮したときとも言われる。

若い日の初代團十郎が全身を真っ赤に塗りつぶして金平の武勇を演じたとき、その意を理解した観客は熱狂して受け入れた。

このとき、市川宗家の十八番《おはこ》、新しい演劇の様式「荒事」が世に現われた。

庶民は初代が演じる金平に超人的な、

「ちから」

を感じ取り、さらに呪術的な色合いを籠めた、

「神性」

を直感した。

元々、初代團十郎は成田不動尊の熱心な信徒であった。

三宝荒神《さんぼうこうじん》の信仰にも詳しく、荒事の本質たる力動感の表現のために仏法守護のために門前を守る神将像などから「荒事」のかたちを得ていた。

「ちから」

の表現として「隈取《くまど》り」、「睨み」、「足の親指」の立て方などを取り入れて、力感にあふれる様々な見得《みえ》を完成させた。

江戸の観客は團十郎の荒事に、

「神」

の降臨を見た。

江戸という時代、火事や疫痢《えきり》など天災人災が頻発した。江戸の人々はそれらから身を守り、恐れから逃れるために神仏を崇拝した。

市川團十郎が六方《ろっぽう》を踏み、押戻しを演ずるとき、神仏信仰から得られると同じ法悦《ほうえつ》を感じた。

荒事の一つ、押戻しは花道に差し掛かった妖怪変化を揚幕から立ち現われた豪傑が舞台に押戻すことだ。

七代目にとって日本橋川の船上から唐国屋に押戻しを演ずるということは唐国屋義兵衛を妖怪変化と同様に、

「危害を加える者」

として認知し、それを荒事で退治することを宣告したことに他ならない。

「道成寺《どうじょうじ》」の押戻しの仕草を無言のままに素で演じる團十郎に合わせて、どこ

からともなく、

「あーりゃ、こーりゃ、でっけえ！」

という化粧声が響いてくる幻聴に襲われた。

明らかに團十郎は、

「ちから」

によって、唐国屋の精力を店へと封じ込めたようだった。

影二郎と船頭は團十郎の大らかな身ぶりの前に唐国屋の大きな店がゆらゆらと揺れるのを見た。

團十郎の船が霊岸島新堀を通過し、影二郎の猪牙も後に続いて大川へと出た。するると唐国屋の河岸付近で騒然とした気配が漂った。

七代目市川團十郎を乗せた船は大川を斜めに上流へと横切り、仙台堀に入っていった。

船が止まったのは小川橋の傍らだ。

新右衛門町の小間物屋山城三条の娘お香が囲われた妾宅は深川寺町《ふかがわてらまち》の東側、仙台堀から南西に掘り抜かれた堀端に建てられた瀟洒《しょうしゃ》な佇《たたず》まいであった。

團十郎は船を妾宅の船着場に横付けにさせて、女衆の出迎えを受けた。

影二郎は猪牙の船頭に因果を含めて待たせることにした。

「浪人さん、おめえさんを信用しねえわけではねえが船賃を先払いにしてくれないか」

「受け取れ」

影二郎は小粒を船頭の手元に投げると船頭が片手で器用につかみ、

「こいつはどうも」

と礼を述べた。

「おまえさまも物入りだねえ」

「この程度の酔狂ならできないことはない」

猪牙は團十郎の船からおよそ半丁も離れた堀留で團十郎の戻りを待った。

今宵は蛤町で夜を過ごす気か、なかなか團十郎が姿を見せる気配はなかった。

夜が深まっていった。

猪牙の船底に寝ていたあかがむっくりと起き上がった。

「怪しげな野郎が現われたか」

立ち上がった影二郎は法城寺佐常を腰に戻し、

「ちらと様子を見てこよう」

と船頭に言い残すと河岸へと石段を上がった。

あかが従った。

影二郎は深川寺町の一寺、恵然寺《けいぜんじ》の裏手へと回り込んだ。

七代目市川團十郎の妾宅を先ほどまでなかった濃い靄《もや》が覆い包んでいた。

「あか、おまえの勘があたったぞ」

黒板塀の上に竹が伸びてさわさわと風に鳴っていた。天水桶《てんすいおけ》が積まれた傍らに裏戸があった。

影二郎が戸に手をかけるとふわりと開いた。奥から靄と一緒に妖しい気配が漂い流れてきた。

影二郎とあかはするりと入り込んだ。

さすがに大江戸の飾り海老、團十郎の妾宅だ、敷地が二百坪はありそうな広さで靄の中から泉水の音か、水音が響いてきた。

影二郎とあかは視界を塞ぐ靄の中を進んだ。

殺気が漂った。

「けえええっ」

突然怪鳥《けちょう》の鳴き声のような声が響いた。

霧を突き破って刃が影二郎の頭上から襲いかかってきた。

影二郎は刃がしなるように伸びてくるのを見ながら、前方へと走り抜け、
くるり
と反転すると相手の背に回った。

影二郎が駆け抜けながら一瞬の裡《うち》にみたものは黒い長衣、先の尖《とが》った履物《くつ》、気合声、奇妙な剣、そのすべてが異人であることを示していた。

異人が着地した。

影二郎が先反佐常を抜き打った。

着地した異人は弁髪《べんぱつ》を揺らして前転しながら跳躍した。

影二郎は追った。

唐人は先反佐常の切っ先を寸余に躱《かわ》して前転を続けた。

あかも吠えながら二人の後を追った。

あかの吠え声にわずかに靄が薄れていった。

妾宅を数人の唐人が囲んでいた。これらの者たちは白衣装だ。

影二郎の手を逃れた唐人が一段と虚空《こくう》高く身を捻《ひね》らせると、
ふわり

と着地した。

影二郎は襲撃者が七人であることを確かめた。手にしている得物《えもの》は影二郎の手の先反佐常よりもはるかに円弧を描いた身幅の厚い円月刀や両刃がしなる長剣だった。

「成田屋七代目の妾宅に押し入るそなたらも芝居がかりよのう」

影二郎を襲った黒衣装の唐人が、

「ふっふふっ」

と笑った。

どうやら七人の頭分と思えた。

その時、妾宅の雨戸が開かれ、七代目市川團十郎が姿を見せた。

七人の刺客のうち、二人が、
すうっ
と團十郎に向かって動いた。

あかが吠えながら跳躍し、一人の刺客の白い長衣の裾を咥《くわ》えた。

襲撃が中断され、刺客の一人があかを目掛けて長剣をしならせた。

あかは團十郎が立つ縁側へと飛び込んで間合いを外すと、團十郎を守ろうとした。

再び刺客の頭分が影二郎との間合いを詰めてきた。

影二郎も踏み込んだ。

一気に戦いの火蓋が切られた。

伸びてくる刃を先反佐常が弾いた。すると、
ぐんにゃり
と曲がった刃の切っ先が影二郎の肘《ひじ》に生き物のように伸びてきて袖を切り裂いた。

影二郎はそれには構わず踏み込んだ。踏み込みながら先反佐常を相手の胴に送った。

存分に踏み込んだはずの影二郎の一撃を頭分は虚空高く前転することで避けた。

一間半ほど先の庭に着地する唐人の頭分をするすると間合いを詰めた影二郎が追い、腰を沈めた相手の肩口に叩き込んだ。すると相手は真上からの斬撃を横へ転がることで逃れ、片手倒立で虚空に身を跳ね上げた。

庭石の上に下り立った頭分が、

「けええっ」

という気合を発すると自ら剣の切っ先を片手でつかみ、円月にしならせた。

その時、影二郎は先反佐常を正眼に置いていた。

跳んだ。唐人が高々と影二郎目掛けて跳んできた。

夜空に長剣がしなり、予想外の方向から影二郎の身を襲おうとしていた。

影二郎は迅速にしなる長剣の内懐に入り込み、切っ先ではなく剣の鍔元《つばもと》を斬り上げた。

きいーん！

刃と刃がぶつかる音がして、唐人の握る刃が鍔元から折れ飛んだ。

異国の言葉で罵《ののし》り声が響き、短くなにかを叫び合った後に七人の刺客が、深川蛤町の七代目市川團十郎の妾宅から姿を消した。すると最後まで薄く漂い流れていた靄が、
すうっ
と消えて、月明かりが手入れの行き届いた庭を照らし出した。

影二郎は先反佐常を音もなく鞘《さや》に戻した。

團十郎の身を守るように姿勢を低くして構えていたあかが庭に飛び降りてきた。

「七代目、寛《くつろ》ぎの宵を野暮にも邪魔をいたした」

影二郎は謝ると、入ってきた裏戸へと向かおうとした。

「お待ちなせえ」

渋い声が影二郎の背にした。

「昨夜といい、今宵といい、奇怪な輩《やから》に襲われ、奇特な方に助けられた。見るところ昨夜のお方とは違うようだ。どなたさまですかな」

「浅草三好町の裏長屋住まいのお節介者だ」

「お名前は」

「夏目影二郎と申す」

「はて、夏目様」

としばし考え込んでいた團十郎が、
はた
と気付いたように手を打った。

「今から六、七年前のことだ。あさり河岸の鬼が惚れた女の仇を討ったと巷で評判になったことがあった。相手は二足の草鞋《わらじ》の御用聞きだ。私も楽屋内で快哉《かいさい》を叫んだ覚えがあったが、夏目影二郎様とは桃井道場の鬼ですね」

「七代目、さほど自慢になる過去でもないわ。ちと仔細があって牢屋敷を放り出され、世間の裏街道で生きる宿命《さだめ》を負わされた」

「夏目様、わっしらが舞台で演ずる役はすべて嘘っぱちだ。だが、夏目様はどうやら生き死にの世界を地で生きておいでのようだ」

「七代目、誉《ほ》め過ぎだな」

「昨夜のお方といい、今宵の夏目様といい、團十郎は運がよいことだ」

と言った七代目は、

「一献《いっこん》差し上げたい。犬と一緒に座敷へお上がりなせえ」

と差し招いた。

第二章　海城の浜

一

浅草寺参詣の人にまた一つ名物が生まれようとしていた。料理茶屋〈嵐山〉を改装して、「十文甘味あらし山」の商いを再開した添太郎、いく、若菜らは開店初日からてんてこまいの忙しさとなった。

参詣客の間で口伝えに評判を呼んだ。それが町内の女衆に広がり、ついには男たちの間で話題になった。

「十文甘味の蕎麦餅を食べたかい」

「蕎麦餅だって、在所《ざいしょ》の食い物が食べられるものか」

「まあ、試しだ」

と一皿十文の蕎麦餅を食べて、

「おっ、こいつは美味《うめ》え。なんとも舌触りがいいし、ほんのりとした甘さが上品だぜ」

とたちまち十文甘味のとりこになった。

「第一《でえいち》よ、十文って値がいいじゃないか。なにを食わせるか分からねえ屋台のなんでも四文屋じゃあるまいし、縁台の上に腰を下ろして手入れの行き届いた庭を眺めながらものを食べてもらおうという店が十文だぜ」

「二八《にはち》だって縁欠け丼で十文だものな」

「こっちは縞木綿に赤襷《あかだすき》をかけた綺麗な娘が盆の上に甘味を載せて運んできて十文だ。この世知辛《せちがら》い世の中だ、ほっとするぜ」

「それにしても〈嵐山〉の大旦那はようも決心なされたな」

「お上の節約、倹約の触れに負けて料理茶屋が暖簾を下ろしたときはよ、もう〈嵐山〉も終わり名護屋《なごや》と思ったがねえ」

「ところがどっこい、〈あらし山〉と名を変え、甘味十文と安い値の上に美味え品で切り抜けようとしていなさる。大した知恵だぜ」

「これでさ、酒が出ればいうことなしだがねえ」

「そうなれば、また南町の妖怪奉行が嘴《くちばし》を突っ込むぜ」

「それそれ。おれたち貧乏人を取り締まるより城中のだれそれとかさ、分限者《ぶげんしゃ》に目をつけるがいいじゃないか」

と客の話は結局そっちにいった。

〈あらし山〉の帳場では十文甘味を売り物に店を開けて、料理茶屋の時代よりも何倍も忙しい日々が戻っていた。

添太郎以下、奉公人たちもいったんは停止に引っかかり、閉めざるをえないと思った〈嵐山〉が〈十文甘味あらし山〉として蘇《よみがえ》ったことで張り切り、新たな生き甲斐を感じ取っていた。

店開きから二十日余りが過ぎた。だが、一向に客足が落ちる様子はない。

そこで店の暖簾を下げた〈あらし山〉の台所で添太郎、いく、若菜、それに板頭の弘三郎、おやえらが集まり、思いもかけない盛況がいつまで続くか検討した。

「どんな商いも店開きをして二十日、一月《ひとつき》も経《た》てば客足は落ち着くものだ。それが毎日毎日増えているというのはどういうことだ」

「じじ様、ありがたいことですよ」

「ばば様、ありがたいありがたいとお題目《だいもく》のように唱えているうちはいいが、そのうちばったりと客が来なくなる日がくるやもしれませぬ」

「おじじ様、今、それを案じたところでいたし方ございますまい。私の勘ではまだまだお客様が増えそうです。なにしろ江戸の方は節約、倹約で甘いものや手軽な食べ物に飢えておいでです」

「大旦那、わっしもそう思います。この客足は序の口だ」

と若菜の言葉に弘三郎が賛同した。

「となると嬉しい悲鳴で、こっちの身がもちませんよ」

「おじじ様、おばば様、若菜はそのことが心配です」

「商人はな、お客の数が元気の薬です。体は大丈夫ですがな。仕込みに今以上に時間《とき》をとられますからな、皆の負担が大きくなります」

「じじ様、台所と店、新たに奉公人を雇いましょう」

「この分ならそのことを考えたほうがいいかな。店に小女《こおんな》を、二人か三人。弘三郎の下に仕込みの職人を何人か雇い入れようか」

「じじ様、職人崩れはなにに事も気が難しゅうございますよ。弘三郎を助けてくれる、やさしい人柄がいいな」

「よし、私がこれから町内の桂庵《けいあん》（口入れ屋）に声をかけてきますよ」

と添太郎が立ち上がった。

時世が時世だ、奉公を求める娘はいくらもいた。なにより住み込みでも通いでもいいということで町内の娘が四人ほどすぐに見つかった。

二人は住み込みを求め、もう二人は家族の面倒をみなければならないということで長屋からの通いと決まった。

若菜は嵐山時代からの女中、おやえと四人の娘たちに木綿の矢絣《やがすり》に帯と襷《たすき》が黄色と、揃いのお仕着せを着せることを考え、呉服屋の松坂屋《まつざか》に注文した。

そのせいで一段と〈十文甘味あらし山〉の雰囲気が華やぎ、娘目当てに若い男客も増えることになる。

台所は浅草の老舗《しにせ》の菓子舗が潰れたこともあって、その職人を三人ほど雇い入れることができた。

弘三郎を助ける老練な職人の弥七郎《やしちろう》、若い職人の登次《とうじ》、三太郎《さんたろう》の三人だ。

これで〈あらし山〉の新たな陣容が揃った。

「若菜、こうも早くに奉公人が決まるとは思いませんでしたよ」

「おじ様、それもこれもこのご時世で店仕舞いする老舗や大店《おおだな》が多いせいですよ」

「うちは助かった」

「ほんとうにようございました。これからはうちの味を保ってお客様に失望させないようにせねばなりませぬ」

「若菜、保つだけでは駄目ですぞ。安くて美味《おい》しいものにはだれも目がございませぬからな」

「はい」

と添太郎の言葉に若菜も気を引き締めた。


新緑の候、初夏らしい爽やかな日が続き、浅草寺にお参りにくる人波が途切れることはなかった。暗い世相だ、どうしても神仏に縋《すが》りたくなるのは人情だ。

その帰り道、〈十文甘味あらし山〉に立ち寄る客も絶えるどころか増えていった。

この日、菱沼喜十郎《ひしぬまきじゅうろう》とおこまの親子に小才次《こさいじ》の三人は影二郎に誘いの文を貰い、〈十文甘味あらし山〉を訪れて、料理茶屋から変貌した様子に目を見張った。

庭から広座敷に客が溢れていた。だが、若菜が采配を振り、込み合う感じにはさせなかった。

お客はゆっくりと抹茶や煎茶を楽しみ、名物の蕎麦餅や鰯《いわし》のつみれ汁などに舌鼓を打っていた。

「驚きました」

と大目付常磐秀信の女密偵おこまが驚嘆した。

「いやはや、料理茶屋〈嵐山〉はわれら風情ではちと敷居が高かったがな、この十文甘味なれば懐はいたまぬな」

「父上、値《あたい》の話ではございませぬ。これほどのお客様の心を一気につかまれた若菜様の手腕に仰天《ぎょうてん》いたします」

「これは若菜様の発案かのう」

「まずお年寄りのお考えではございますまい」

三人は庭先の縁台に座り、煎茶と蕎麦餅を小女に注文した。まだ影二郎は来ている風もなく、若菜の姿はちらちらと見えていたが客の応対に追われていた。

「父上、影二郎様は〈あらし山〉の盛況ぶりを見せんと呼ばれたのでございましょうか」

おこまが話題を転じた。

勘定奉行から大目付と役職を転じた常盤豊後守《ぶんごのかみ》秀信に従い、菱沼親子と常盤家の中間である小才次は影二郎の元で多くの始末をしてきた。だが、三人が動くとき、まず主の常盤秀信の命が先にあった。それが、こたびにかぎりなんの御用の沙汰もなかったのだ。

「影二郎様がなんぞ御用を仰せつけられた風はないがのう」

秀信からなんの指示もないことに喜十郎も首を捻った。

そこへ煎茶と蕎麦餅と鰯のつみれ汁が運ばれてきた。

「あら、香りのいいのは、黒と白の胡麻《ごま》が振りかけられているからかしら」

塗り皿に黒胡麻と白胡麻の蕎麦餅が載っていた。

「これで十文とは安いな」

「利が出るのでございましょうか」

小才次が案じた。

「次から次にお客様が入ってこられるし、お土産に持ち帰られる人もいるようですよ。台所の忙しさが目に浮かびます」

と答えたおこまは、訝しい手先をする客に目を留めた。

懐から手拭いを出すと膝に置き、その間から黒いものを取り出して蕎麦餅に指先でぐいっと突っ込んだ。

おこまが見ているとも知らず、一口食べた客が立ち上がった。

「なんだ、この店はよ、餅の中に蠅《はえ》を入れて客に出そうというのか！」

「安い安いと評判だが、蠅を入れて水増しか！」

仲間が最初の一人に呼応した。

五人連れの男たちは着流しに印半纏を羽織っていた。襟には、

「諸事御用風花鬼六一家」

とあった。

鳶《とび》にしては目付きが鋭く、やくざ者かとおこまは思った。

「おい、店の者はいねえか、主はいねえか！」

傍目《はため》も憚《はばか》らず叫ぶ相手に添太郎と若菜が飛んで出てきた。

「お客様、どうなされました」

「爺《じじい》、どうもこうもあるか。おめえの店は蠅を入れた餅を客に食わせようというのか」

と最初に叫び出した男が指先で蠅を摘んで店じゅうの客に分かるようにぐるり

と回して見せた。

「これはとんだことで」

「とんだことで済むか。こっちは江戸の粋と張りを食い物に生きていこうというお兄さんだ。蝿なんぞを食わされてたまるものか。おいっ、でくの坊のように突っ立ってねえで、爺、なんとかいいねえな」

添太郎がなにか答えようというのを制した若菜が、

「お客様、うちの蕎麦餅は蕎麦から粉に挽いて蒸《ふ》かした上に丹念に搗《つ》き上げたものにございます。お客様の手にある蝿は手足まできれいに揃ってございますな」

「女将さん、おめえは蝿を客に出しておいて、おれが細工をしたと反対に因縁をつけなさるか。もう、許せねえ。風花鬼六一家の泰造《やすぞう》が面子《メンツ》を潰されて黙っているものか」

と泰造が片袖をたくし上げた。すると二の腕に大蛇が巻きついて鎌首を持ち上げた刺青《ほりもの》が覗いた。

「泰造、女、年寄りを相手にいきり立つんじゃねえよ。二人して困ってなさらあ。静かに奥にいって話をつけてきな」

と兄貴分が口を挟んだ。

「話たあ、なんだえ、兄貴」

「以心伝心、こちらの女将さんにはお分かりにならあな」

と会話を交わす二人に若菜が、

「どうやらお里が知れたようですね、お金をせびろうという話ですか」

「おおっ、おれたちを強請《ゆす》りたかりだと吐かしやがるか。これほど虚仮《こけ》にされた話もねえや。どう話をつけてくれるんだえ」

と二の腕の大蛇に気を呑まれて黙り込む客に刺青をちらちらと見せた。

「うちは蕎麦餅に蠅を入れた覚えはございません。そのような言いがかりにびた一文も払う気はございません。一皿十文の商いですが、商いの道を外れたことは一切した覚えはございませせぬ、お客様」

「言いやがったな!」

懐から匕首《あいくち》の柄をちらりと見せた泰造に兄貴分が、

「泰造、刃物よりはこの茶屋に火をかけねえ。こんな阿漕《あこぎ》な商いを続けさせることもあるめえ」

「よし、〈あらし山〉の店住まい、一切灰にしてしまおうか」

と無謀にも泰造が庭から座敷へと向かおうとした。

その前に立ち塞がったのがおこまだ。
「お兄さん、おまえさんの仕掛けは浅草奥山の水芸人水嵐亭《すいらんてい》おこまがとくと拝見しましたよ。ネタがばれた芸なし芸人は、女将様の申されるとおり舞台からとっとと引き下がるのが決まりごとだ」
「なんだと、おれが仕掛けをしただと！」
泰造が匕首を引き抜くと切っ先を煌《きら》めかし、おこま目掛けて突っ込んでいった。
泰造の不運はおこまの前に小才次が腰を下ろしていたことだ。
突進する泰造の向こう脛《ずね》を軽く払うと、
おっとっととと
と泰造がおこまの前につんのめっていく。
おこまが泰造の匕首を握った手首を逆手に捻り上げると、懐にもう一方の手を突っ込んで手拭いをつかみ出した。小才次が前屈《まえかが》みになった泰造の胸を片足で蹴り上げ、おこまが手拭いを、
ぱらり
と開くと死んだ蠅が何匹も落ちていった。
「諸事御用風花鬼六《かざはなおにろく》一家とはこんなけちな御用を務めているのかえ。川向こうで

はいざ知らず、浅草奥山ではこんな拙《まず》い仕掛けは芸と呼ばないよ！」

おこまの啖呵《たんか》に今まで息を呑んで成り行きを見守っていた客たちが、

「二度と浅草の地に足を踏み入れるんじゃないよ！　川向こうに尻尾を巻いて帰りやがれ！」

「蕎麦餅のお代は払っていけ！」

という声援の言葉が飛んだ。

「やりやがったな！」

と兄貴分ら仲間も立ち上がったが、仕掛けがばれた上に大勢を敵に回していた。

「くそっ、覚えてやがれ」

とお決まりの言葉を残した兄貴分が立ち去りかけて、若菜と視線を合わせた。

「女将さん、この決着必ずつけに参りますぜ。おれっちの後ろには強いお方がついてなさるんだ。ただじゃあ済みませんぜ」

と捨て台詞《ぜりふ》を吐いて足早に消えた。

おこまに手首を捻られ、小才次に胸を蹴り上げられた泰造もげえげえと言いながら姿を消した。

騒ぎに幕が引かれたが、〈あらし山〉はお茶や蕎麦餅を楽しむ雰囲気が消えていた。

「お客様、お見苦しいところをお目にかけました。〈十文甘味あらし山〉から深くお詫び申し上げます。お急ぎの方は本日のお代は頂きませぬ。お時間のおありになる方には新たな甘いものとお茶を運んで参ります。のんびりとお寛《くつろ》ぎ下さいまし」

と若菜が挨拶するとやんやの喝采が沸き起こった。それに応えた若菜が、

「おこまさん、小才次さん、助かりました」

と礼を述べた。

「いや、よいお店ができましたな。甘味屋と申されるので、どのようになるのかと思っておりましたが、これはよい」

と喜十郎も添太郎や若菜に祝いの言葉を述べた。

「それがしとしては鰯のつみれ汁で軽く一盞《いっさん》したい」

「お客様からそのような願いが多く寄せられております。酒を軽く出すこともおじじ様と話し合わねばなりますまい」

と若菜が答え、

「酒が主になるのはちと異論がございますがな、寺参りにきた年寄り子供も楽し

める店なれば酒を出すことに異論はないぞ、若菜」

「では、近々お酒も出すようにしましょうね」

と若菜が決断した。

そのとき、おやえが姿を見せて、

「若菜様、菱沼様、影二郎様が奥にお見えです」

と知らせてきた。

「あら、騒ぎで気がつきませんでした」

若菜が慌てて奥に走った。その後に菱沼親子と小才次が従った。

影二郎は居間にいた。

「いつお見えになったのです」

「騒ぎの最中にな。おこまがおったで、おれがしゃしゃり出ることもなかった」

「あら、私はしゃしゃり出たのでございますか」

「なんだ、おこま。聞いておったか」

「お節介をなしたようで相すみませぬ」

「諸事御用風花鬼六一家とはなに者だ」

「はて」

とおこまが首を捻り、

「捨て台詞がなんとのう気になりますな」

「調べますか」

と喜十郎の言葉に小才次が即座に応じた。

「頼もう」

と影二郎が代わって答えた。

「影二郎様、こたびのお呼び出しとなんぞ関わりがございますので」

と喜十郎が聞いた。

「今のところは分からぬ」

と応じた影二郎は、七代目市川團十郎に降りかかった危難を告げた。

「なんと七代目にそのようなことが」

「影二郎様、背後に南町奉行が控えておられますのか」

親子が聞いた。

「三代目尾上菊五郎の後見を唐国屋義兵衛がなしておることは確かだ。だが、唐国屋と鳥居耀蔵が操る猿面冠者とつながりがあるのかどうかは、七代目の勘だけだ」

影二郎は日本橋川霊岸島新堀の唐国屋に向かって七代目が、

「押戻し」

を演じたことを告げ、

「七代目はお歌と申される女を囲う妾宅近くで襲われたとき、すぐに唐国屋とのつながりを感じ取られたようだ。七代目自身に問うたが、七代目は同じ役者仲間のことゆえ笑って答えられなかった。だが、七代目にはなんぞつながりがあると感じられる証を握っておいでかもしれぬ。そうでなければ、あのような押戻しを演じられるものか」

「影二郎様、唐国屋がなに者か探索に入れば、そのあたりのこともはっきりとしましょう」

と喜十郎が言い、影二郎が請《う》け合った。

「それとな、先ほどの風花鬼六一家が、ただ小銭稼ぎに〈あらし山〉に押しかけたかどうかもな」

「承知しました」

と三人の密偵が頷いた。

二

〈あらし山〉が暖簾を下ろした後、菱沼喜十郎、おこま、小才次の三人と影二郎は酒を呑んだ。年寄り夫婦が加わり、〈あらし山〉再出発が順調にいった祝いの酒となった。添太郎がわずかな酒に酔って、

「菱沼様、わたしゃねえ、商い停止が下ったとき、もう客商売はできないと諦めましたよ。それが若菜や弘三郎の力で新しい暖簾を掲げることができました。やっぱり商人は客の喜ぶ顔を見てなんぼのものだねえ」

とか、

「わたしゃ、睨んでましたよ。十文甘味がうまくいくとね、なんたってお上の鼻を明かしたようでうれしいや」

などと何度も同じことを繰り返し、ついには座ったままに眠り込んでしまった。

「あれあれ、おじじ様、いくら季節がよいとは申せ、風邪を引きますよ」

と若菜とおこまがぐったりとした添太郎を寝間に運んでいった。その後をいくが従った。

「添太郎さんもほっとなされて酒が回ったのでありましょうな」

「〈嵐山〉の明かりが消えた後、気苦労が続いたでな、大いにそんなことであろう」

喜十郎と影二郎が笑い合った。

「ほんとなれば楽隠居の年だがな、わが母上が余りにも早く亡くなられた」

「それだけに若菜様の存在が貴重にございますよ。見ておりまして、どれだけ年寄り夫婦の力になり、支えになっていることか」

「いや、おれの力ではどうにもならぬことであったわ」

影二郎は正直に答えた。

若菜とおこまが酒席に戻ってきて、

「高鼾《たかいびき》で眠られましたよ」

「安心なされたのですね」

と言い合った。

喜十郎らは五つ（午後八時）過ぎまで酒を呑み、夕餉を食した後、〈あらし山〉を後にした。

影二郎とあかはその夜、〈あらし山〉に泊まった。

翌朝、初夏の陽光が江戸の町に照り付けて、店の前を掃き掃除するおやえたち小女の額には汗が光っていた。

主従が三好町の市兵衛長屋に戻ったのは朝の五つ半（午前九時）の刻限だ。

影二郎の手には若菜が持たせてくれた蕎麦餅の大きな包みがあった。

亭主を仕事に送り出した女たちが木戸外に集まり、いつものようにわいわいとお喋りをしていた。だが、女たちの頭分、影二郎の右隣に住む棒手振りの杉次の女房おはるの姿が見えなかった。

「旦那、犬連れで朝帰りかい」

影二郎とあかに気付いた大工の女房のおきねが声をかけてきた。

「旦那の左隣が埋まりそうだよ」

と言い出したのは下駄の歯入れ屋の古女房のお六《ろく》婆さんだ。

影二郎の左隣は長いこと空いていた。

「賑やかになりそうだな。所帯持ちか、独り者かな」

「それがさ、艶《つや》っぽい女だよ。なにをしている人間かねえ」

と、おきねが声を潜めて、興味津々《しんしん》の様子で空き長屋を指した。

そのとき、腰高障子が開いて大家の市兵衛とおはるが姿を見せた。どうやら新しい住人に長屋の決まりや部屋の様子を説明していたらしい。

おはるが影二郎を見て、

「おや、お出かけかい」

と聞いた。

「なにを申しておる。ただ今戻ったところだ」

おはるが影二郎と足元に従うあかを確かめるようにじろじろと見て、訝しい顔をした。

「おかしいね」

「おかしいとはなんだな、おはるさん」

「夜半、ごそごそと壁の向こうから音がしたんでさ、わたしゃ、てっきり旦那が戻ってきたのかと思ったよ」

「なにっ」

影二郎は木戸を潜ると三軒が並び合った長屋の真ん中の戸を開いた。

一見変わった様子はないように思えた。だが、影二郎はなに者かが侵入した形跡を感じ取っていた。

先反佐常を腰から抜き、蕎麦餅の包みと一緒に狭い板の間に置いた。

「どうだえ。なんぞ盗まれてなかろうね」

おはるが戸口から聞いた。傍らには心配顔の市兵衛も立っていた。

「だれに押し入られようと、盗まれる金子《きんす》など持ち合わせてはおらぬ」

と答えながら、出ていったときと寸分も変わらぬ部屋の様子にも確かな違和を感じていた。

部屋の片隅に夜具が丸められ、箱火鉢に鉄瓶が載っているくらいの持ち物だ。

一文字笠は影二郎が出かけたときのそのままに狭い板の間の壁にかかっていた。

だが、影二郎が愛用する南蛮外衣が消えていた。

それは影二郎の分身ともいえる旅の必携具だった。野宿する折りには防寒具にもなれば、二十匁《もんめ》（七十五グラム）の銀玉二つが縫い込まれた長い裾が広がって襲撃者を打つ武器にもなった。

その南蛮外衣が消えていた。

「おはるさん、そなたが聞いた物音は確かに盗人らしいな」

「旦那、なにを盗まれたな」

「南蛮外衣を持っていかれた」

「なんだい、あの汚い合羽《かっぱ》かえ。盗まれて清々《せいせい》したんじゃないかえ」

「なにを申すか。おれにとって大事な旅道具だ。盗んだ奴をなんとしても見つけ出す」

「そう執念を燃やす代物とも思えないがねえ」

おはるは気がなさそうに言った。

「忘れるところであったわ。〈嵐山〉が〈あらし山〉と改名して十文甘味の店を始めた、その名物が蕎麦餅だ。若菜から長屋の住人、大家さんに渡してくれと持たされた。数はあるはずだ。おはるさん、手を煩わしてすまぬが配ってくれぬか」

影二郎は包みを渡した。

「あいよ」

と受け取ったおはるが、

「これは重いよ。大変な数だねえ」

と言いながら、

「門前町で美味しい甘味屋が店開きしたと聞いていたが、旦那の実家だったのかえ」

「連日、客を集めてじじ様もばば様もてんてこまいの忙しさだ。一度顔を覗かせてくれぬか」

「あいよ」

とおはるが答えると長屋じゅうに響き渡る声で、

「旦那からの貰い物だ、蕎麦餅を配るよ。井戸端に集まりな！」

と叫んだ。

「なんて騒がしい長屋だ」

と嘆いた市兵衛が、

「夏目様、御用聞きを呼びましょうか」

と話を南蛮外衣の盗難に戻した。

「いや、その要はない。長屋に押し入った者は見ず知らずの盗人とも思えぬ」

「夏目様の知り合いと申されるので」

「知り合いにはなりたくない輩だ」

南蛮外衣を持ち去ったには理由がなければならぬと影二郎は考えていた。

「大家さん」

と市兵衛に女が声をかけた。振り向いた大家が、

「おけいさん、お帰りか。ちょうどよい、そなたの隣人に引き合わせておこうかな」

と体を向けた。

隣長屋に新しい住人が決まったのだ。

そよ風が吹くように細面《ほそおもて》の白い顔が覗いた。胸高にきりりと締められた繻子《しゅす》の帯も薄紫地の小紋も粋だった。とても長屋住まいの女が着るものではなかった。戸口に立ったせいで白い肌の顔に影がうっすらと差した。それが女に翳《かげ》りのある表情を与えた。

「艶っぽい女」

とお六は表現したが言葉以上に婀娜《あだ》っぽい女だった。だが、その婀娜っぽさには下卑《げび》た印象は微塵《みじん》もなかった。清楚な感じさえしたのだが、その陰に危険なものが潜んでいるようだった。

（茶屋勤めか、妾か）

と影二郎は思ったが、市兵衛長屋はとてもその種類の女が住む長屋ではなかった。

「お初にお目にかかります。隣にお世話になることになりましたおけいにございます」

女が挨拶をした。

「見てのとおりの浪人者と犬一匹だ。よしなに願おう」

おけいが嫣然《えんぜん》とした微笑で返した。

「いつ越してこられますな」

市兵衛が聞いた。

「明日にも引越しを終わらせたいと思います」

「承知しました」

市兵衛がおけいを木戸口まで見送る体《てい》で二人が影二郎の長屋の戸口から姿を消した。

影二郎は板の間に上がり、先反佐常を夜具の傍らの壁に立てかけた。すると丸められた夜具の上にウンスン加留多《カルタ》が一枚置かれてあった。

見覚えのない加留多だ。

葡萄牙《ポルトガル》船を通じて日本に伝えられたウンスン加留多は、

「ウン、スン、ソウタ、剣」

の四種の札四十八枚であったが、日本に定着して七十五枚と札数が増えていた。

寛政年間には博奕《ばくち》に使われるとして禁止の触れが出ていた。

絵札はスンというもので片膝をついた南蛮人が剣を構えていた。どうやら侵入者が南蛮外衣を持ち去った代わりに置いていったものらしい。

影二郎は加留多をつかむと懐に仕舞った。


その夕暮れ、小才次が市兵衛長屋に顔を見せ、

「風花鬼六についていくらか分かりました」

と報告した。

「ご苦労であったな」

小才次を長屋の座敷に上げた影二郎は棒手振りの杉次との境の壁をとんとんと叩き、

「すまぬが茶碗を一つ貸してくれぬか」

と叫んだ。

「あいよ」

とおはるの声が答えて、しばらくすると菜《さい》の浸しに茶碗一つ、それに箸一膳が届いた。

「どうせ酒を呑むんだろう。菜にしておいたよ」

「ありがたい」

「蕎麦餅、ありゃあうまいよ。あれを〈あらし山〉では十文で売ってなさるか」

と聞いた。

「白胡麻と黒胡麻を一つずつ二つで一皿が十文だ」

「そりゃあ、餓鬼の駄菓子並みの値だ。客が押しかけるはずだ」

「万事高直《こうじき》の食べ物はお上の御触れに障るでな、この値ならばいくら水野様でも文句のつけようがあるまい」

「手間隙《てまひま》かけて蕎麦餅二つで十文の苦労を御城の連中は承知かねえ」

と嘆いたおはるが長屋に戻った。

貧乏徳利を抱えて小才次と向き合った。酒を注ぎ、

「まず喉を潤してくれ」

と初夏の町を駆け回った小才次に差し出した。

「頂戴します」

ごくりごくりと喉を鳴らして酒を呑み、
ふうっ
と小さな息を吐いた。

「本所松倉町《ほんじょまつくらちょう》で諸事御用の看板を掲げる松倉屋《まつくらや》梅吉《うめきち》なる男がおります。元々、

こやつは風花鬼六という名を持つ渡世人にございました。その者が数年前より松倉屋梅吉という名の堅気に姿を変えて、江戸湊に着いた弁才船《べざいせん》の荷を上荷船《うわに》に積み替え、陸揚げする稼業を始めました」

上荷船は艀船《はしけぶね》ともいわれた。湊に停泊した大船から大川両岸の堀にある河岸まで荷を運び込む稼業だ。

「生来、半端仕事で食ってきた風花鬼六一家がなんとか持ち直したのは唐国屋の下働きをするようになった後からだそうです。つまりは風花鬼六と松倉屋梅吉は二つ名の同一の男にございます」

「なんとのう」

「松倉屋は上荷船を二十数隻抱えて、出入りの人足も結構な人数揃えております。上荷船の人足は気が荒い連中が揃ってますので、泰造のような入墨者を風花鬼六一家が飼っておりますようです。昨日、〈あらし山〉で一騒ぎ起こした連中の兄貴分は政次郎《せいじろう》という野郎です」

風花鬼六と松倉屋梅吉は時に渡世人の顔、時に上荷船の親方の顔と使い分けながら世間を渡る人物であるという。

「松倉屋の仕事はうまくいっておると申したな」

「はい。唐国屋と知り合い、松倉屋の上荷稼業もうまくいくようになったと申します。本所深川界隈の船問屋の連中にいわせると唐国屋の仕事は銭になるが、なんとなく胡散臭いという者もおります。ですが、一隻の傭船《ようせん》料が一日で何百文も違うとえらい違いです、唐国屋の仕事をとりたい艀《はしけ》屋はいくらもいます。それを掻き分けて、唐国屋に食い込んだ梅吉、いや、鬼六は弁も腕も立つ男でございましょう」

「見たか」

「船で出かけるところをちらりと見ました。派手な浴衣《ゆかた》の腰に長脇差《ながどす》を落とし込んで用心棒の手先を従えた風采《ふうさい》は艀屋とも思えません」

「そやつが唐国屋に目をかけられたか」

となると、〈あらし山〉でその手先が悪戯《いたずら》をしたのは思い付きで小遣い銭稼ぎをしようとしたわけではない。なんか意図があってのことだった。

「一日走り回ってこんなことしか調べが付きません」

と小才次は面目なさそうな顔をした。

「小才次、松倉屋梅吉と風花鬼六の二つ名の男と唐国屋のつながりが見えただけでも大きいわ。またぞろどこぞのどなたかが動き出したということよ」

と影二郎は鳥居耀蔵の顔を思い浮かべた。

「影二郎様、唐国屋にございますがな、松倉屋の連中も義兵衛の顔を見たことがないそうでございます。梅吉は妾のおすぎを小梅村《こうめ》に囲っておりますが、このおすぎ、梅吉が閨《ねや》で漏らしたことまで一切合切下女や飯炊きにまでお喋りするような女なんで。なんでも梅吉は唐国屋義兵衛だけは影もかたちも見たことがないと頭を捻っているそうです」

と報告した小才次が、

「唐国屋は菱沼の旦那とおこまさんが調べておいでゆえ、なんとか尻尾はつかんでこられましょう」

と言い足した。

「まあ、そう簡単に尻尾を出されてもつまらぬ」

と笑った影二郎は小才次に南蛮外衣が盗まれた経緯《いきさつ》を告げた。

「なんとこの長屋にまでも手を伸ばしてきましたか」

「おれの南蛮外衣の代わりにこのウンスン加留多を置いていきおったわ」

と懐から出した一枚の絵札を小才次に見せた。

「なんぞ籠《こ》められた意がございますので」

「南蛮外衣を盗んだ者が異人と単に告げていったか。相手がなにを考えてのことか、推量しても無益なことよ。南蛮外衣の預け札と考えて、そのときまで大切に持っていようか」

と影二郎は答えた。


その夜、影二郎は着流しに一文字笠の孤影を引いて小梅村の梅吉こと鬼六の妾宅、おすぎの家を囲む梅林の中にいた。

梅林越しに覗くと門も塀もない妾宅の戸口で煙草の火が、
ぼうっ
と点《とも》った。

梅吉がおすぎを訪ねて、三下奴《さんしたやつこ》が親分の帰りを待って煙草を吸う姿だった。

影二郎はしばし時を過ごした。

月明かりが梅林を照らし付けて移動し、夜半を過ぎた。すると妾宅に動きが出た。

梅吉のお帰りのようだった。

影二郎は梅林を進んだ。

梅吉と三下奴三人は月光の元、本所松倉町へと帰る気配を見せた。

三

影二郎は松倉屋梅吉一行を尾行した。一行が一家を構えた松倉町に戻るには横川か源森《げんもり》川に架かる橋を渡ることになる。橋を渡れば町家や御家人の屋敷が連なる。

影二郎は気配もなく間を詰めた。

冷たい風が吹き抜け、三下奴が持つ提灯の明かりが揺れた。

ふうっ

と梅吉を外で待っていた提灯持ちが風の冷たさに首を竦《すく》めた。そのとき、気配を感じたように後ろを、

はっ

と振り返った。

一文字笠に着流しの影二郎が立っていた。

「て、てめえはだれだ」

提灯持ちが叫び、梅吉が悠然と振り返って提灯の明かりで影二郎を確かめた。

「物盗りか」

梅吉が聞いた。

「風花鬼六、松倉屋梅吉、どちらで呼べばいい」

「表稼業は松倉屋梅吉で通してますよ。おまえさんはだれだえ」

「いや、おれの長屋に押し入り、持ち去ったものを取り戻しにきた」

影二郎の答えに三下奴の一人が正体に気付いて、

「親分、〈あらし山〉の倅《せがれ》だ」

と囁《ささや》いた。

「夏目影二郎か」

「いかにも」

「なんの用事か」

「すでに答えたぜ」

「おめえの長屋がどこにあるかも知らねえ。盗もうにも盗めもしねえ」

梅吉の声音は、

(なにを言い出したか)

という訝しさがあった。

提灯の明かりに浮かぶ梅吉は大ぶりの顔で立派な体付きと相俟《あいま》って渡世人の貫禄を見せていた。

影二郎が注視したのは大きな両眼だ。感情を抑制していることを示して鈍い光を静かに放っていた。

「どうやら見当を違えたようだ」

「素直な野郎だな」

「梅吉、今宵はこのまま引き揚げてもよい。〈あらし山〉の嫌がらせはだれの指図か答えぬか」

「政次郎らが満座の前で間抜けなことをやらかしたらしいな。このとおり謝る」

と腰を折って梅吉が頭を下げた。

「おかしい」

「奉公人の不始末を主が詫びるのは当たり前のことだ。それがおかしいとはどういうことか」

「そいつを素直と見るか、なんぞ隠そうとして詫びたかのどっちかだな」

「夏目影二郎、おめえも一度は小伝馬町の牢屋敷に繋がれた身だったな。悪《わる》がどれほど捻《ね》じ曲がった根性になるか、おれも知らないわけじゃねえ」

「おれの見方が歪《いびつ》というか」

「世の中はよ、真っ当に受け取ったほうが楽だぜ」

「生憎《あいにく》おれは流人船に乗り損ねた人間だ。世の中、斜交《はすか》いに見る癖がついたらしい」

「分かっているなら直すことだ。長生きできる」

「梅吉、〈あらし山〉の悪戯《いたずら》、唐国屋の奉公人の差し金と見たがどうだ」

梅吉の形相が一瞬風花鬼六の顔に変わった。怒りの感情が梅吉の五体と顔をさっと駆け抜けた。だが、すぐに元の平静な言動に戻った。

「夏目影二郎、おまえさんの親父どのがだれか知らないわけではねえ。だがな、この一件に無闇に首を突っ込むと親父ともども大火傷を負うことになる。それだけは注意しておこうか」

「梅吉、おれには脅しは効かぬ」

「脅しではねえ、親切だ。政次郎らが〈あらし山〉に押しかけたのはうちのしくじりだ。もはやけちな真似はさせねえ」

「おまえが唐国屋に関わりを持った後、上荷船屋の稼業を始めて盛運に導いたと聞いた。となればそなたは唐国屋と親しい交わりがあろう。霊岸島新堀に唐国屋が大店を構えたのはこの十年と聞く。そんな力を持つ義兵衛はなに者だ」

「二度とは言わねえ。詮索は止めな」

「そなた、義兵衛に恩義を感じているようだが、顔を見たこともなければ声も聞いたこともないそうだな」

梅吉の体に電撃のような震えが走った。そして、なに事かを感じ取ったように梅吉が言った。

「おめえの長屋に押し入り、なんぞ持ち出したものがあるとしたら、そいつは警告かもしれねえ。夏目影二郎、手を引く潮時だ」

「梅吉、おれもおまえも手を引こうにももはや遅かろうぜ。お互い首まで騒ぎに突っ込んでおるわ」

「もはや話もねえ」

梅吉は腹に力を溜めて、影二郎と睨み合った。

「また会いそうだな、梅吉」

「今度会うときは風花鬼六としてかもしれねえ」

梅吉は渡世人として影二郎の前に立ち塞がると宣告していた。

影二郎はくるりと梅吉に背を向けると大川の河岸へと足を向けた。

半刻（一時間）後、影二郎は再び小梅村の梅吉の妾宅を囲む梅林に戻っていた。

（梅吉が、どんな行動をとるか）

影二郎は嗾《けしか》けた。

さらに四半刻が過ぎ、音もなく四人の影が妾宅に忍び寄った。

頬被りをした影は松倉屋梅吉と三下奴の四人だ。中の一人が戸口の下に匕首の切っ先を突っ込み、中から戸締りがされた戸を音もなく外した。

大きな影が一つだけ外された戸口から中に消えた。

梅吉だ。

残った三つの影は辺りの気配を見張るように妾宅のあちこちに散った。

影二郎は梅林を出ると最初の影の背後に忍び寄った。

提灯持ちの三下奴は妾宅の中で行われることに気がいっていた。影二郎の接近に気付かないまま、首筋に手刀を叩き込まれ、くたくたと崩れ落ちようとした。

その体を抱き止めた影二郎は地べたに静かに横たえた。

二人目、三人目も同じ憂き目に遭って見張りがいなくなった。

影二郎は開かれた戸口から身を入れようとした。するとおすぎの哀願する声が聞こえてきた。

「おまえさん、もうお喋りはよすよ。ついおまえさんのことをさ、自慢したくて話しただけなんだからさ、それも家の中で飯炊きと下女に話しただけだよ。身内の話じゃないか」

「おすぎ、奉公人がどれほど主の動静を鵜《う》の目鷹《たか》の目で見ているか、それを世間に吹聴《ふいちょう》しようとしているか、おまえは分からねえようだな」

「だからさ、もう喋らない。機嫌を直しておくれよ」

おすぎの甘えた声がして、梅吉の体に縋った様子が窺えた。

「おすぎ、唐国屋のことはあれほど喋ってはならねえと釘を刺したはずだぜ」

「おまえさんがどこでなにを吹き込まれたか知らないが、わたしゃ、なにもおまえさんの怒りを買うようなことは喋ってないよ」

「もはや遅い、おすぎ」

「なにが遅いんだよ。ねえ、気分を直してさ、呑み直そうよ。今晩は泊まっていきなよ」

「つまらねえ間違いを起こしてしまった」

「間違いなんて、わたしゃ起こしてないよ」

「間違いを起こしたのはおめえじゃねえ、この風花鬼六だ」

「ほらね、わたしゃ、なにもしてないんだからさ」

「お喋り女を囲うような真似をしたのはこのおれだ。始末はおれがつけるしかあるまい」

「待っておくれよ。わたしゃ、唐国屋の旦那が異人だなんて、だれにも言ってない……」

おすぎの言葉が途切れ、苦しげな呻《うめ》き声に変わった。直後に、

「げええっ!」

という押し殺した絶叫と断末魔の声が伝わってきた。そして、ことり
とおすぎの生の気配が消えた。

屋内から死の気配が静かに漂ってきた。

血に濡れた長脇差を提げて出てきた男は松倉屋梅吉ではなかった。もう一つの顔、風花鬼六だった。

だが、鬼六が戸口に姿を見せたとき、影二郎はもはやその近くにはいなかった。

翌日、濡れ手拭いを提げた影二郎は湯屋から市兵衛長屋に戻った。すると木戸口に水芸人水嵐亭の幟を竿に巻いたおこまが立っていた。

おこまの顔には徹夜の疲れが滲んでいた。

「待たせたか」

「いえ、つい最前参ったところです」

「外で話そうか」

影二郎はおこまを御厩河岸之渡し近くに軒を連ねる茶屋の一軒に連れていった。渡し舟を待つ人々が時を過ごすための茶屋で串に差した団子などを茶と一緒に供してくれたり、花見の季節には酒と田楽《でんがく》などを出したりする茶屋だ。

刻限は昼前だ。

影二郎が朝餉と昼餉を兼ねた一食目をとる頃合だ。

「おこま、この季節、菜を刻んだ茶めしがなかなかの名物だ」

と勧めた影二郎は冷や酒を頼んだ。おこまは、

「茶めしと田楽を頂きます」

と頼んだところを見ると、朝餉すら食してない様子だった。

「遠出をしていたか」

「品川《しながわ》にございます」

注文の酒とおこまの茶がまず出てきた。

おこまは茶で喉を潤した。

「唐国屋義兵衛は調べれば調べるほど、ほんとうに実在するのかどうかが分かりませぬ」

とおこまが前置きした。

「なんでも三代目菊五郎の贔屓で楽屋には出入り自由と聞いたがな」

「はい。ですが、三代目の楽屋を訪ねるとき、前もって人払いがされますし、頭巾を被ってお出《い》でだそうで、楽屋の木戸番などは三代目も顔を見たことはあるまいなどと噂をしております」

「なにを警戒してのことか」

「唐国屋の周りでは、顔に疱瘡《ほうそう》が因《もと》のあばたがあるゆえ素顔は決してさらさぬのだと言っているようです」

「奉公人にも顔を見せぬか」

「番頭など上の者はどうか存じませせぬが、手代や小僧などが見たことがないというのは確かのようです」

「家族はおらぬか」

「独り者にございますそうな」

「なんとも得体が知れぬな」

「おそらく唐国屋周辺が流す話に惑わされてのことにございましょう。義兵衛は体が六尺を大きく超えた偉丈夫《いじょうふ》という者、いや、五尺に満たない小男という者、肥っておる、痩せておると姦《かしま》しいことにございます」

「声を聞いた者がおるか」

「直《じか》に話を聞いた者には会うことができませんでした」

「噂ではどうだ」

「渋く野太い声音《こわね》という者もおれば甲高い声だという出入りの職人もおります。でも、それはまた聞きの話のようです」

「諸普請請負諸道具扱と判然とせぬ看板を掲げておるが、仕事はなにをしておるな」

「十数年前、唐国屋が店を開いたとき、長崎奉行を文政九年から文政十三年の間、務められた本多佐渡守《ほんださどのかみ》様の後ろ盾があったようです。本多様の口添えで江戸の分限者の別宅など、数寄を凝らした普請を手がけて、実績を積んだそうです。諸普請と申しましても棟割長屋などは扱いません」

「諸道具とは長崎物か」

「はい。長崎口か薩摩《さつま》口か存じませぬが南蛮諸道具、唐物道具を扱うようで、こちらも一品何十両何百両のものばかりです」

「ただ今幕府は奢侈禁止令を強硬に推し進めておられる。ようも南町の妖怪どのが見逃しておられるな」

「それにございます。南町の御禁令取締隊が始終出入りして、扱う品などを調べておるようですが、唐国屋では平気の平左《へいざ》で商いを続けております」

「なんぞ裏がありそうな」

おこまが頷いた。

そこへおこまの菜入り茶めしと田楽が運ばれてきた。

「おこま、まず食べよ」

影二郎はそう命じると自らは独酌した。

「頂戴します」

と一箸二箸茶めしに箸をつけたおこまが、

「鳥居様は唐国屋の商いを黙認なされているのではありませぬか」

と言った。

「数寄を凝らした別宅、御寮の普請、南蛮渡りの諸道具が禁止令に触れぬはずはない。〈嵐山〉のように精々一朱か二朱の酒、肴を出す料理茶屋が潰されていくのだ。何十両、何百両が見逃されるのは訝しい」

「はい」

と答えたおこまが、また茶めしに箸をつけた。

「唐国屋に間を置かず御禁令取締隊を送り込まれるのは、唐国屋にも厳しいお上の目が注がれているという恰好つけだと言われる噂もないじゃございませぬ。ですが、そのようなことを口にするとすぐに嫌がらせがくるそうです。〈あらし山〉で騒いだ風花鬼六一家の仕業《しわざ》だそうにございます」

「下のほうではなんとかつながりが見えたが、唐国屋義兵衛、鳥居耀蔵、尾上菊五郎らとの関わりが分からぬな」

おこまが首肯し、茶めしを一口二口また食べた。

「おこま、昨夜は品川になにをしに参った」

「昨日の昼下がりより大番頭の静蔵が普請場巡りをするとかで、駕籠を呼んで出かける様子なのであとをつけました。麴町《こうじまち》など大身旗本の屋敷を訪れまして、一軒の普請場に半刻から一刻を費やし、品川宿に向かいました。そこでなんとも大きな普請が行われているのでございます」

「大きな普請な、施主はだれか」

「それが判然としませぬ」

とおこまは悔しそうな顔で答えた。

「北品川宿と南品川宿の間に目黒川《めぐろがわ》が流れ、海に注《そそ》ぐ手前で東海道と並行するように北へと方向を変えて、流れの東に砂嘴《さし》が延びておりますねえ」

「南品川の猟師町《りょうしまち》、朝日町《あさひまち》と細長く町が続くあたりだな」

「はい。その目黒川の土手のように突き出した砂嘴の先端に弁財天仙伏院《せんぷくいん》という御堂がございます。その辺りの海を埋め立てて石垣を造り、なんとも広壮な屋敷の普請が行われているのでございますよ」

「普請は進行しておるか」

「埋め立てた敷地は数万余坪、海より石垣を一丈ほど築いてさらに高塀が造成地を囲んでおります。その造成地には大船も舫《もや》うことができそうな船着場が設けられておりました。普請場に入るにはいくつもの番屋を抜けねばなりません。静蔵の駕籠を見送ったあと、なんとか潜り込もうとあちらこちら動き回りましたが、見張りが厳重を極め、駄目でした。いつ静蔵が戻ったか、どこから出たかも分からず仕舞いで朝を迎えてしまいました」

「おこま、話を聞くだに一人で無理をいたさば厄介が生じよう。後日を期して引き揚げたはよき判断であったわ」

「はい」

「それほどの大普請なれば何万両もの資金が要ろう」

「埋め立てるだけで十万や二十万の金子は必要かと思います」

「驚きいった次第だな。そのような普請をこのご時世にやってのける者は限られていよう。西国《さいごく》の大大名か、分限者だが、それがだれか」

「幕府がそのような海城の如き造成を大名家に許されましょうか」

「そこよ。おそらく表立つ人物は別人であろうな」

「なぜそのようなことをなさりますので」

「幕府が開闢《かいびゃく》して二百数十年、屋台骨はがたがたじゃあ。目先の利く人間なれば徳川幕府が倒れた後のことを考えて、なんなりと布石を打つ者もいよう」

「幕府が潰れますか」

おこまが目を剝《む》いた。

「これまで潰れぬ幕府があったか。徳川家は長く続き過ぎた。だが、永久ではないわ」

「そのようなことをお考えになる大名家とはどちらですか」

「大名家ではないかもしれぬ」

「商人で」

「商人であれ、なんであれ、その背後に控えし真の施主は別人よ」

「別人と申されますと」

「異人かもしれぬ」

「異人ですと」

驚くおこまに松倉屋梅吉が妾のおすぎを始末した顚末《てんまつ》を語り聞かせた。

「なんということで。唐国屋義兵衛は異人にございましたか」

「まだそうとはっきりは言い切れぬ。だが、そのことをわれらは頭に置いて探索を続けねばなるまいて」

おこまが頷き、影二郎が残った酒を呑み干した。

四

その夜、御厩河岸之渡しから猪牙舟が大川へと出た。

船頭は小才次、客は影二郎とおこま、それにあかまでが舳先に座っていた。菱沼喜十郎は唐国屋探索を別方向から続けていて長屋には戻っておらぬという。そこでおこまが、品川沖に埋め立て中の海城見物にいくことを認《したた》め置文してきた。

この夜、おこまは身にぴったりした忍び装束を着て、忍び刀を腰に帯びていた。背に網袋を負っていた。

「われら総勢三人と一匹か。これで妖怪一味を敵にするのはなかなか勇気が要るな」

影二郎が苦笑いした。

「妖怪が手がける海城と決まったわけではございませぬ」

おこまが答え、

「到着までには間《ま》もございます」

と用意の弁当と酒の包みを開いた。

「なにやら花見舟のようだな」

弁当の中には握りめしに煮しめなどが並んでいた。

「小才次さん、櫓を代わりましょうか」

おこまが艫《とも》に言いかけると小才次が、

「まずおこまさんが腹拵《ごしら》えして下さいよ。わっしは後で頂きます」

と返答をして、すみませんねと応じたおこまが影二郎に茶碗を持たせ、徳利から酒を注いで、自らも握りめしを取った。

「喜十郎はどこへ潜り込んでおるか」

「父は南町定中役《じょうなかやく》同心牧野兵庫《まきのひょうご》様にひそかに会ったようで、その線を探っておるかと思います」

「鳥居耀蔵が奉行となり、牧野どののような実直な同心は苦労していような」

「はい。南町に鳥居様が着任なされた昨年、なんでもかんでも贅沢を禁じる、奢侈はいかぬと力で抑え込む命に反対を唱える与力同心は半数にのぼっていたそうです。牧野様は運のよいことに奉行所内の定中役同心を命じられました。嫌なことに手を出さずに済みます。ただ今、外に出ている町方はすべて鳥居様の意のままに動く連中です」

「牧野兵庫どのが命じられた定中役同心とか申すのは閑職であったな」

「はい。雑用、なんでも屋だと自嘲なされておられます」

「なんとのう」

牧野兵庫は菱沼親子とは昵懇の花形定廻《じょうまわ》り同心で、その人柄ゆえに担当する町家でも慕われ、それだけに内々の相談にも与《あずか》る信頼を得ていた。

そのために実入りもあって懐も豊かだったが、遊軍のような定中役に就いたがゆえそのような特権は失った。なにより町方同心にとって、定廻り同心、隠密《おんみつ》廻り同心、臨時廻り同心の三同心は憧れの職掌であった。

牧野は陽の当たる部署を外され、それも定中役など内勤を盥《たらい》回しにされている様子だった。

「さりながら、ただ今の牧野様は奉行所の書類を自由に調べることがおできです。唐国屋の開業の経緯、仕事の内容についても南町のお届け書類で調べてみると、父上に約定なされたそうです」

「心強いな」

大川を下る猪牙の周りには柳橋から山谷堀《さんやぼり》の今戸橋《いまどばし》へと向かう猪牙舟が吉原への遊客を乗せてすれ違った。

刻限は五つ（午後八時）、大門が閉じられるにはまだ余裕があった。そのせいか舟の客の顔も悠然としていた。

影二郎は茶碗で酒を二杯ほど呑み、握りめしを一つ煮しめを菜に食して、一文字笠を脱ぎ捨て、法城寺佐常を抱えると、

ごろり

と猪牙舟の船底に寝転がった。手枕で舟の揺れと酒の酔いに陶然としているうちに眠りに落ちた。

眠りの中で大川から江戸湊に出たことを察知した。猪牙の船底を突き上げるような波を感じた。だが、影二郎は眠り続けた。

寒さに目を覚まし、南蛮外衣を盗まれたことを思い出した。黒羅紗《くろラシャ》の内側に猩々緋《しょうじょうひ》を縫い合わせた外衣があれば真冬でも野宿できた。盗まれて得がたき道具であったと改めて思った。

起き上がった影二郎の目に南の傾城《けいせい》、品川の悪所の明かりが海に映る光景が飛び込んできた。

品川宿は正しくは三つの宿に分かれており、江戸から来ると歩行《かち》新宿がまず控えており、そこへ三十軒、続いて北本宿（北品川）に二十軒、最後に南本宿（南

品川）に三十七軒の旅籠《はたご》があった。これらの旅籠の大半は飯盛女《めしもりおんな》と称する遊女を置くことを黙認された妓楼《ぎろう》で、この天保期、およそ千五百人の遊女がいたとされる。

北国《ほっこく》の傾城、御免色里《ごめんいろざと》の吉原《よしわら》が三千人の遊女を有して天下一の威勢を誇ったが、四宿の一、品川もなかなかのものであった。

この東海道沿いに長く連なる光は欲望の明かりでもあったが、その長い光の帯が一か所黒々と塗りつぶされて消えて、宿場の背後にある御殿山の闇に溶け込んでいた。

影二郎の視線に気付いたおこまが、

「影二郎様、あれが海城にございますよ」

品川宿の者が、

「海城」

と呼ぶ理由を影二郎は知った。

海に五角形の一辺の石垣が突き出して、その前に波除けの岩場か台場のようなものが楔形《くさびがた》に連なっていた。

一丈（約三メートル）の石垣の上に高い塀が連なり、背後に控える北本宿の明かりを遮っていた。

「どれほどの建屋ができるのか知らぬが、今でもなかなかの威容じゃな。おこまが埋め立てに十万、二十万両が使われておろうと申したとき、なにを大袈裟なと思うたが、これを見せられるとおれの考えが間違っていたわ。内部でなにが造られておるか見てみたいものじゃな」

「影二郎様、日中、平船が大きな切石を運び込む様子が見受けられます。基礎のよほどしっかりした建物を建てるのでございましょう」

「まさに海城じゃな。ようも幕府が許しを与えたものよ。それともぐらぐらの足元を見透かされてのことか」

この海城に唐国屋の大番頭静蔵が訪ねたのは、請け負った普請場を点検にいったものか、あるいは別の考えがあってのことか。

「これを見たら忍び込みとうなった」

おこまが不敵にも、
にやり
と笑い、

「小才次さん、目黒川に猪牙を入れて下さいな」

と頼んだ。

「へえっ」

と短く答えた小才次が五角形の海城の北側を大きく回り込むように櫓を操った。

すると海城の背後に弁財天仙伏院の常夜灯が浮かんで見えてきた。

目黒川の河口で、右岸の南品川猟師町の軒下は漁《いさ》り船の舟溜りだった。突き出した目黒川河口の海側の半分は利田《かがた》新地と呼ばれるところだ。

目黒川は江戸に度々氾濫《はんらん》を起こした暴れ川で、川端にある東海寺《とうかいじ》の本堂や方丈《ほうじょう》に水が入ったこともあった。

そのせいで河口も石垣が高く積まれていた。

「影二郎様、弁財天と海城の間に堀留のようなものがございましょう。日中、資材を載せた小舟が出入りする船着場にございますが、夜は無人と見ました」

「小才次、堀留に入れてみよ」

無言の裡に頷いた小才次が猪牙の舳先を堀へと入れた。

影二郎はおこまが無人だと言った船着場を監視する目を感じ取った。だが、猪牙の進行を邪魔する風はなかった。

弁財天と海城の石垣の間は十間の幅があり、奥行きは一丁ほどだ。目黒川河口の海側には利田新地が細長く続き、堀を挟んで海城と対峙《たいじ》していた。

堀の中ほどに船着場があった。

「小才次、そなたは舟に残ってくれぬか」

「おこまさんとあかを供に海城に乗り込まれますので」

小才次が影二郎の無謀を諫《いさ》めるように聞いた。

「今宵は様子を見るだけよ。なんぞあれば尻に帆かけて逃げてこよう。そのとき、舟が頼りだ」

「承知しました」

影二郎は一文字笠を被り、法城寺佐常を腰に戻すと海城の船着場に飛んだ。するとあかが心得て従った。最後におこまが網袋から布に包んだものを出して懐に入れ、船着場へ上がった。

影二郎は資材を運び込む戸口を調べていった。高さ一丈以上もある両開きの扉は中から閂《かんぬき》でも下ろされている様子でびくともしなかった。

「影二郎様」

とおこまがひそやかに呼んだ。

戸口から離れたところに職人が出入りする通用口があった。さらに離れて海から築かれた石垣との間に高さ六寸ほどの隙間が見えた。

「私が潜り込みます」

と網袋を外そうとするおこまを尻目にあかが石垣に飛び、身を低くすると隙間から海城へといとも簡単に姿を消した。

「あかったら私を差し置いて抜け駆けをする気だわ」

と苦笑いしたおこまと影二郎の向こう側であかが通用口の閂《かんぬき》を外した気配がした。

影二郎が戸を押すと、あかが得意げに三尺ほどの角材を咥《くわ》えて尻尾を振っていた。

「はいはい、あかには敵《かな》いませんよ」

おこまがあかの頭を撫《な》で、影二郎はあかが咥えた閂をとると重さを量り、持参することにした。

影二郎らは通用口から資材を入れる戸口に回った。すると両開きの扉の内部は小さな広場になっていて建築資材が高く積んであった。

広場は海に向かって石段になっていた。両側は石垣だ。

確かに品川宿の人たちが海城と呼ぶはずだ。まるで品川の海に突き出した、

「城」

そのものだった。

「参ろうか」

影二郎とおこまが肩を並べ、その先導をするようにあかが十数段の石段を一気に上がった。そこであかが立ち止まった。

海風が吹き付けるのか、あかの毛が揺れるのが夜目にも見えた。

二人が石段を上り切り、

「なんと」

と絶句した。

海から見ても壮大な普請だが内部に入り、石垣の上に立ってみると五角形の一辺が一丁の長さで、かなりの高低差を持った土台組みだった。この上に建物が建てられたらどのような外観になるか、なかなかの威容だろう。そして、海城の内部は石垣と階段が迷路のように組み合わされて造られ、海側には千石船が同時に何隻も停泊できそうな船着場も建設されようとしているように思えた。

「この普請を、幕府でもなく大名家でもなくやる人物がおられようか」

「それも将軍様のお鼻先での普請にございます」

「一商人だけではできまいな」

「だれがこのようなことを」

おこまが呟いたとき、あかがなにかを感じたように海城の奥へと進み始めた。

影二郎とおこまも従った。

石段を上がったところで道は左右に分かれていた。正面は一丈ほどの石垣だ。石垣の縁に一間幅の道が延びていた。

あかは右手の道を選んだ。

影二郎はあかの後を追いながら、星明かりに踏む石畳の石の組み合わせがこれまで見たこともないものだと感じていた。それは裾広がりに大小形状の違う石を組み合わせたものだった。

石畳の道が左手に折れて石段が下っていた。そして、地下へと下りる石段の途中の頭上には弧状の橋が架かり、石畳の道が通じているように思えた。

石段を下りきったところは二十余間四方の広場で、四方は石垣で囲まれ、どの石垣にも影二郎たちが下りて来たような石段の上り口が開いていた。

どうやら火薬庫のようだ。

「影二郎様、おこまは異郷に参ったことはございませぬが、南蛮屏風に描かれた異人街のような造りにございますな」

「いかにもそのような造りかな」

突然あかが唸った。

その視線は石垣に囲まれた一角を見上げていた。

影二郎が海側の一番高い石垣を見上げると黒い影が独り立っていた。

南蛮のカピタンが被る船底型の飾り帽を被り、身に南蛮外衣を纏《まと》っていた。

「おれの南蛮外衣だ」

船底帽と外衣に包まれた体付きは六尺をはるかに超えた長身だった。

「唐国屋義兵衛とはその方か」

影二郎が門を突き上げて叫んだが、答えは返ってこなかった。

その代わりに虚空から強い光を放つ明かりが何条も降り注いで影二郎らの身を曝《さら》け出した。

影二郎は門を光に向かって投げると、

「おこま、あか」

と注意を促し、手近の石段の上り口に飛び込んだ。

あかとおこまも明かりから逃れるように影二郎に続いた。

だが、銃弾も箭《や》も飛んでくるふうはなかった。その代わり、嗤《わら》い声が夜空に響いた。それは石壁に響いて木霊《こだま》になって返ってきた。

「普請中の海城には夜間にも何十人もの人間が潜んでいるように思えます」

「おれの南蛮外衣を盗んだものが分かっただけでも潜り込んだ甲斐があったというものだ」

「小才次さんのところに戻りますか」

「さて、素直に出してくれるかどうか」

影二郎を先頭に石段を上がった。

殺気を感じたとき、影二郎の手は一文字笠の張り重ねられた紙と骨の間に差し込まれた、珊瑚玉《さんごだま》が飾りについた両刃の唐かんざしを抜いていた。

影二郎と二世《にせ》を誓った想《おも》い女《びと》の萌《もえ》が自害した唐かんざしだった。

影二郎の視界に西洋短筒や鉄砲を構えた影がいくつも立ち塞がっているのが見えた。

相手は影二郎がなに者か知らぬ様子で、最新式の連発飛び道具の威力に安心しきっていた。

影二郎は手首を捻り、唐かんざしを投げた。

虚空を一文字に切り裂いて両刃の唐かんざしが短筒を手にした相手の喉元に吸い込まれ、不意を打たれた相手は驚きの声も出せぬままに、尻餅をつくように倒れ込んだ。鉄砲隊が銃口を突き出した。

「影二郎様、御免なされ」

とおこまの声がして、影二郎の傍らからおこまが片膝をついて両手に連発式短筒を構えると連射した。

懐に仕舞っていた短筒は亜米利加《アメリカ》国の古留止《コルト》社製連発式短筒だ。

かつて影二郎が信濃《しなの》国金峰《きんぽう》の里に向かう峠で短筒《つつもたせ》の礼五郎《れいごろう》と勝負し、勝ちを得たとき、手に入れたものだ。それを菱沼喜十郎の娘のおこまに、

「そなたの父上は道雪派《どうせつは》の弓の名手じゃ。娘のそなたにも飛び道具の勘は伝わっておろう」

と与えたものだった。

海城の連中は影二郎らがそのような最新式の連発式短筒を所持しているとも知らず、油断をした。

その隙におこまの短筒は三、四人を倒した。

影二郎は迎撃する相手がいないのを見定め、突進すると最初に斃した男の喉首

から萌の遺品の唐かんざしを抜き取った。

「行くぞ、おこま、あか」

二人と一匹の犬は石畳の狭い道と石段を右に曲がり、下へと折れて最初に入った船着場へと走り戻った。

無言の裡に敵方も石垣の上を走る様子が感じられた。どちらが先に船着場に着くか、競争になった。

「おこま、これは右か左か」

影二郎は行き止まりの道に迷いが生じた。するとあかが即座に左手へと突進していった。

影二郎らも続いた。

ふいに石段の上に出た。

影二郎らが最初に上がった石段だ。

その石段の下に一つの影が待ち受けていた。

白い長衣の唐人のようだ。長い剣を握っていた。両刃のしなやかにしなる剣だ。

影二郎はそのことを思いつつ、石段を駆け下り、先反佐常の柄に手をかけた。

待ち受けた刺客が片手で剣の切っ先をつかんで弧に曲げた。

それをぽーんと弾いて半身の姿勢で影二郎に襲いかかってきた。

そのとき、あかが思いがけない行動に出た。唐人の足元を襲ったのだ。思わぬ攻撃に相手の体勢が崩れ、しなやかに伸びてくる長剣の切っ先が間合いをわずかに外して流れた。

その隙を影二郎が逃すはずもない。

腰を沈めて先反佐常を抜き放ち、横一文字に斬った。

円弧を描く先反佐常の物打ちの先に相手の胴があった。

影二郎は寸余に流れる相手の切っ先を躱《かわ》しつつ、白い長衣の胴を斬り割って、横を走り過ぎた。

どさり

と倒れた音と呻き声を聞きつつ、影二郎らは通用口を潜った。するとすぐその下に小才次が猪牙を止めて待っていた。

「飛べ、おこま、あか！」

影二郎らが次々に飛び降りて小才次の櫓が大きくしなり、舳先が水を分けて、一気に堀から江戸の湊に出た。

ふうっ

と息を吐いた影二郎は黒々と聳《そび》える五角形の、

「海城」

を振り仰いだ。

高塀辺りに明かりがちらちらと動いていたがそれも消えた。

「さてさて異な建物よ」

「どうなさりますな」

「あれを造る真の施主がだれか、まず知ることが先決かな」

「はい」

小才次の漕ぐ猪牙は江戸湊をゆらゆらと揺れながら大川河口を目指していった。

第三章　江戸の南蛮屋敷

一

市兵衛長屋の厠《かわや》を出た夏目影二郎はあかの吠え声に木戸口を見た。すると先日、芝居町で会った玉之助の顔が覗いた。

「玉之助、よう分かったな」

「やあ、浪人さん」

と緊張を解いた表情で長屋を見回し、

「うちと変わらねえ裏長屋住まいかい」

「金殿玉楼《きんでんぎよくろう》とは言い難いな」

井戸端で手を洗った影二郎は腰にぶら下げた手拭いで拭いた。おはるや長屋の女衆がいて、朝餉の後片付けをしながらよもやま話をしていた。

井戸端に寄った玉之助はあかの頭を撫でて、

「もう少しましな長屋かと思っていたぜ」

とがっかりとした表情だ。

「浪人者が住むにふさわしかろう」

「浪人さんは旗本三千二百石の倅と聞いたがな」

どこで聞き込んだか、玉之助が言った。

「妾腹だ」

「なんでぇ、世継ぎじゃねえのか」

「世継ぎが裏長屋に住むものか」

「屋敷から月々手当が届くのかい」

「そのようなものは届かぬな」

と影二郎が答え、おはるが、

「どこでこましゃくれた小僧さんと知り合ったんだい」

と影二郎に聞いた。

「おはる、二丁町の玉之助だ」

「芝居町だけに餓鬼も役者もどきの名をつけられたねえ。もっともその面《つら》じゃあ、大部屋の役者にもなれないわね」

「おはるさんよ、おれの面をようも虚仮《こけ》にしてくれたな」

「小僧の癖に大人の懐具合まで案じるからさ」

「ちぇっ」

と舌打ちした玉之助に影二郎が聞いた。

「なんぞ用事で三好町まで足を延ばしたか」

「おはるさんがごじょごじょ言うからさ、忘れるところだったぜ。昨夜《ゆうべ》、市村座の仮小屋の前で小南北先生に会ったんだ。そしたら、浪人さんがお暇の節に寓居《ぐうきょ》までお出かけ下さいと言付《ことづ》けられたんだ」

「それはご苦労であったな。玉之助どの、暫時門前にてお待ちくだされ。仕度をいたして参る」

「へへえっ、と答えたくなるが貧乏長屋の井戸端じゃあ、洒落《しゃれ》にもならねえや」

と玉之助が答え、おはるが、

「この餓鬼は口から先に生まれてきたようだよ」

と嘆いた。

寝間着を黒小袖に着替え、法城寺佐常一本だけを落とし差しにして一文字笠を手にすれば仕度はなった。

「待たせたな」

木戸口で玉之助と一緒にあかが主に従う構えで待っていた。

「今日は長屋で番をしておれ。物好きな盗人がまた来ないとも限らぬ」

あかは影二郎の言葉を理解したように木戸口の陽溜りに座り込んだ。

「おはるさん、やっぱりぼろ合羽は盗まれたか」

「おはるさん、間違いなかったぞ、盗んだ男を見つけた」

「旦那、取り戻したかえ」

「いや、未《ま》だ預けてある」

「あのぼろ合羽、預けるもなにもないもんだがねえ。要るなら盗人の首っ玉ふん捕まえて取り戻すがいいじゃないか」

「この次はそういたそうか」

影二郎と玉之助は御蔵前通りへと裏通りを出た。

昼四つ（午前十時）の刻限か、札差の店が軒を並べる大通りも朝の商いが一段落ついた様子であった。

初夏の陽射しの中、米俵を積んだ大八車が行き交い、大身旗本の用人が番頭に迎えられて店に入っていく。いつもの光景があった。だが、いつもの光景の背後には人災天災と続くやるせなさがあった。

二人は浅草橋を渡ると両国西広小路の雑踏を北から南に抜けようとした。

「こらっ、盗人女め！」

という怒鳴り声が響いて、さっと人込みが散った。

露天の野菜売りが捨てられたくず菜を袖に隠して持ち去ろうとした女を咎めたようだ。

「申し訳ございません。うちの鶏にくず野菜を与えようと拾いました」

「くず野菜だと。うちの品にいろいろとけちをつけてくれるじゃねえか。おれはまだ捨てた覚えはねえ。うちの鶏に食わせると抜かしたな、おめえが裏長屋に持ち帰って食うのは承知の福助《ふくすけ》様だ」

川向こうの亀戸《かめいど》村か小梅村から朝市に出てきた様子の若い衆福助が二の腕をたくし上げた。

「お代を払いねえ。おめえがいつもおれのくず野菜をかすめていくのは承知なんだよ。今日は許さねえ」

女は泣きそうな顔で袖に隠したくず菜を差し出した。

「おめえが一旦手にしたものはもうおれのもんじゃねえ。お代を払え」

野菜売りはよほど虫の居所が悪いのか、ねちねちと女を苛めた。

「福助兄い、おめえの気持ちも分かるがよ、こんなご時世だ。貧乏人同士相身互いだ、許してやんなよ」

玉之助が二人の間に割って入った。

「こら、洟《はな》を垂らした餓鬼が大人の話にしゃしゃり出てくるんじゃねえ」

「兄い、おめえが大人だって。体は確かに一端《いっぱし》の大人だが、頭ん中には情けのなの字も入ってねえようだな。だれがくず野菜に銭を払う、おめえだって売れないから捨てたんだろうが。そいつを人間様だろうが鶏だろうが食べてなにが悪い。お天道様相手に育てた、くず野菜まで食べて頂いてありがとうございましたと礼の一言もいう気持ちはねえのか」

玉之助の啖呵《たんか》に、騒ぎを取り巻いていた見物衆から、

「そうだそうだ。小僧さんのいうことが正しいや。野菜売り、阿漕《あこぎ》だぞ」

「おうっ、そんなくず野菜に銭を払う江戸っ子がいるものか。気前よくくれちまえ」

と騒ぎ立てた。

上げた拳《こぶし》の持っていきようがなくなり、見物の衆を敵に回して錯乱した福助兄いが女の手を放すと、

「この餓鬼！」

と玉之助に殴りかかった。

影二郎がその手をつかむと、

「兄さん、おめえの旗色が悪いぜ。悪あがきはよせ」

と諭した。

「福助、玉之助の仲介料におれが一朱出そう。おめえはくず野菜を大事にとっておいて、今後はこの女に引き取ってもらえ。分かったか」

福助が真っ赤な顔をして、

「畜生、もう許さねえ」

と手首を取られたまま暴れようとした。だが、影二郎が片手でつかんだ手首を引き離すことはできなかった。

「野菜売り、止めておけ。その方をだれと思う。あさり河岸の桃井道場で若鬼と呼ばれた夏目影二郎様だぜ。鏡新明智流の達人に敵うものか」

と叫ぶ声がして、ようやく福助も静まった。

「よし、一朱だ。ここにいる皆が立ち会ったんだぜ。おれの約束を忘れるでない」

影二郎は一朱を福助の手に握らせると、

「玉之助、行こうか」

と人込みを分けた。

「浪人さんよ、おれのお節介のせいで、なけなしの銭を叩《はた》かせたな」

玉之助が米沢町の裏通りに入ったとき、言った。

「玉之助、おまえの前にまず大人が仲裁する話だ。それをおれもつい見過ごそうとした」

「野菜売りだって、なかなか品が売れなくていらついていたんだよ」

玉之助はちゃんと互いの立場を分かった上で口を出したのだ。

「玉之助のお父つぁんはなにをやっておる」

「芝居者だ。せり上げなんぞ舞台下の奈落《ならく》で動き回る裏方だ」

「姉さんが女浄瑠璃、みんな芸事に関わって生きておるか」

「お父つぁんは銭はなくともいい、好きなことをやるのが一番だというのが口癖だ。團十郎のせりを上げた。三代目菊五郎の廻り舞台をぶん廻ししたというのが自慢の種だ」

「玉之助はなんになるな」

「中村座の座元が帳元に入らねえかと勧めてくれているがねえ、二丁町を離れて浅草猿若町なんぞに落ちたくねえ」

「玉之助、考え違いするな。芝居者はどこにいようと芝居者だ。七代目を支え、菊五郎を助けて、見物の衆を喜ばすことに違いはあるまい」

芝居に携わる者は総じて芝居者とか小屋者とか呼ばれた。

花形はなんといっても役者衆だ。

役者は座頭を筆頭に大立者《おおだてもの》と大部屋に分かれていた。

芝居者を表方と裏方に分ける呼び方があり、舞台の引き幕の前後をもって表方と裏方に区分された。

芝居興行に携わる者は座元とか太夫《たゆう》元と呼ばれた。太夫元の帳簿、事務方が帳元でその下に手代がいた。これらの者が表方だ。

玉之助が中村座の座元に誘われたのは利発なところを見込まれてであろう。

裏方は道具方、衣装方、床山、鬘《かつら》方、作者、囃《はや》し方などで、玉之助の父親も

奈落の下で芝居の進行の呼吸を読んで、せりを上げ、廻り舞台を回す裏方だが、一番陽があたらぬ役といえた。だが、玉之助に、

「好きなことをやるのが一番」

と教え込んだという。

「おまえのお父つぁんなら、黙って猿若町だろうがどこだろうが芝居のあるところに引っ越されるはずだ。それが好きな道を続けることだからな」

玉之助は答えなかった。だが、考え込んでいた。

二人はすでに芝居町に入っていた。

「浪人さん、小南北先生はこの刻限、堺町横町の湯屋の二階にいるぜ」

「ならばそこに案内してくれぬか」

「あいよ」

玉之助が影二郎を導いたのは堺町横町の芝居町の湯屋だった。

「女将さん、小南北先生に客人を連れてきたんだ、上がるぜ」

「用が済んだらさ、先生も一緒に連れ出しておくれよ。いつまでも茶汲みのおさえと長談義して他の客からうとまれているんだからさ」

「ほいきた」

と安請け合いした玉之助がとんとんと階段を上がった。

影二郎は先反佐常を抜くと一文字笠の紐を解《ほど》いた。

江戸におよそ六百余軒の湯屋があったが大概が二階を持ち、武士の大小を預かる場所であり、男客たちが湯の後に上がってきてへぼ将棋を指し、世間話に興じる社交場にもなっていた。

鶴屋小南北は茶汲み女を独占して芝居の裏話でも講じているふうがあった。

「先生さ、おさえちゃんを捉まえていつまでも無駄話していると仕舞いには湯屋の出入りが禁じられるぜ」

玉之助の声に振り返った小南北が影二郎を見て、

「早くもあさり河岸の鬼を連れてきたか」

と笑いかけた。

「なんぞ御用とお聞きしました」

茶汲み女のおさえが、さあっと小南北の傍らを離れて持ち場に戻った。

「おさえ、茶と茶菓子をくれぬか」

おさえはただ頷いた。

「玉之助、おまえは駄菓子を食ってへぼ将棋でも見物しておれ」

と玉之助を追いやった小南北は、

「いよいよ猿若町への移転が決まった」

と言った。

それは昨年、芝居小屋の楽屋から火が出たときに決まっていたことだ。

「そこでさ、中村座も市村座も二丁町でお名残《なごり》興行を格別に打つことになった。中村座の座頭は七代目市川團十郎だ。対する市村座は三代目尾上菊五郎だ。七代目は浅草吉原 縁《ゆかり》の『助六』をこの芝居町の最後の興行にしなさるつもりだ。そのために仮小屋に手を入れて、一世一代芝居町名残の『助六』にしたいと張り切ってなさるそうだ」

おさえが影二郎に茶を運んできた。

「おさえ、おれにはなしか」

「先生、何杯呑めば気が済むんですよ」

おさえは小南北の注文をあっさりと断った。

影二郎は茶碗を手にゆっくりと茶を喫した。

「こいつはまだだれも知らないことだ。市村座の太夫元が菊五郎と話し合い、中村座に負けない出し物ということであれこれと考えたが、菊五郎は『助六』の二座競演を強く推したそうな」

「すると文政二年弥生狂言と同じ騒ぎになるか」

「あんとき、菊五郎は團十郎に一言の断りもなく成田屋得意の『助六』をかけた。こたびはいくらなんでも團十郎に断りを入れると思える。だがな、心配もないわけじゃあない。文政二年の二座競演の後、二人は仲直りをして、表立っての角《つの》突き合わせはない、とこの前もおまえさまに説明した。だが、お互いがお互いを気にしていることは確かなことだ。菊五郎の周りから聞こえてくることがある。こたびの興行は文政二年の意趣返しという話だ。となると菊五郎側は無断で『助六』をかけることも考えられる」

「火に油を注ぐ話だな」

「いかにも」

「鶴屋南北先生の力で仲裁はできませぬのか」

「じいさまの貫禄がこの小南北には欠けておる。無理な話だな」

小南北はあっさりと言った。

「それにさ、菊五郎周辺からこたびは後ろ盾が違うと息巻いているとか。わたし如きが出たところでどうにもなるまい」

「三座の太夫元はいかに」

「芝居の興行元は儲かることとなればいかなる手も使いますよ。小屋が客で一杯になるならば、親の亡骸《なきがら》にかんかんのうくらい踊らせる輩だよ」

「手はないか」

「それにさ、市村座には金方《きんかた》がついておる」

金方とは芝居の費用を出す出資者で、比率が高いほど力を持った。

「唐国屋義兵衛と見たがどうだ」

「夏目様はお見通しだ。市村座は火事騒ぎと猿若町移転で金子に余裕がない。それを見越したか唐国屋から七割方の出資じゃそうな」

「となれば太夫元も金方、菊五郎側のいいなりか」

「そういうことだ」

と小南北が言った。

「この話、團十郎は承知のことか」

「いや、知るまい。嫌でも数日内に知ることになろうがな」

「どうしたものか」

「芝居者はよそ様の火事なれば大きいほうが喜ぶ手合いだ。今、ここで團十郎と菊五郎がぶつかれば興行は大入り、世間も騒ごう。だが、市川宗家と尾上宗家の確執は百年経っても消えぬことになる。それ以上にたれぞが芝居を潰しにかからぬとも知れぬ。こいつは芝居者で止められる話ではない」

小南北の顔は真剣だった。

「夏目様、おまえさまが始末屋だという噂を知らぬわけではない。なんとか團十郎と菊五郎の命と面子、立ててくれまいか」

それが小南北の頼みだった。

芝居町の湯屋を影二郎と玉之助は出た。

刻限は昼に近かった。

「どこぞでめしを食わせる頃合の店を知らぬか」

「浪人さん、親仁橋近くに天ぷら屋がある。昼間は馬方、船頭が集う店だ。そこでどうだ」

「よかろう」

二人は芝居町からほど近い親仁橋の堀端に出た。その路地から油の香ばしい匂いが流れてきた。

店は狭いと見えて何人もの客が待っていた。

「待つけどいいかい」

「構わぬ」

と答えた影二郎に玉之助が聞いた。

「小南北先生との話は終わったかい」

「終わった」

「なにかやることがあるなら言ってくんな。手伝うぜ」

「この御用、ただの御用じゃあない。命に関わることも出てこよう」

影二郎はしばし考えた後、

「芝居町の人間だ。小南北先生が案じる話ならば命も張るぜ」

と玉之助が痩せた胸を張った。

「よし、一つ頼もう」

「なんだえ」

「七代目にすっぽんのように喰らいつくことができるか」

「心配ねえ、今日からでもぴたりと張り付くぜ」

「巾着を持っておるか」

ああ、と答えた玉之助は銭が十数枚寂しげな音を立てる縞柄の巾着を出した。

影二郎はその巾着に小粒と銭を取り混ぜて一両ほど入れて、

「軍資金だ」

と渡した。

「ずしりと重いぜ」

と懐に仕舞おうとした巾着の紐がだれかにつかまれた。

「なんをしやがる」

と叫んだ玉之助が、姉ちゃん、と叫んで困惑の顔をした。

二

「なんなの、表で他人様《ひとさま》からお金を貰うなんて。どうせ碌《ろく》な話じゃないわね」

おきゃんそうな小顔が玉之助を睨んだ。小柄で細身、だが、均整のとれた体付きで小粋な美形だった。

「浪人さん、おれの姉ちゃんの小菊《こぎく》だ。なんとか言ってくんな」

小顔で小柄で小粋な娘は名まで小菊と小がついた。

きらきら光った両眼が影二郎を睨み返した。

「女浄瑠璃の名人どのかな。それがし、夏目影二郎と申す」

「わたし、名人なんかじゃないよ、お世辞はいらないよ」

「さようか。ちと玉之助にものを頼んだでな、それはその際の入用の金子だ。あやしいものではない」

「ものを頼んだってなによ」

「姉ちゃん、そいつは男と男の約束事だ。女が口を出す幕じゃないよ」

「生意気《なま》言うんじゃないよ。言わなきゃあ返さないよ」

小菊がさっと玉之助の巾着を片袖に入れた。

「姉ちゃん」

「困ったのう」

玉之助と影二郎が顔を見合わせるのを尻目に小菊は、

「わたしゃ、困んないよ」

と平然としていた。

「姉ちゃん、この用事、鶴屋の小南北先生も絡んだ話なんだよ。それにさ、芝居町のためになることなんだよ。ねえ、浪人さん」

いかにも、と答えた影二郎は、

「いたし方あるまい。事情を話そう」

「そうよ、そうしなさいよ。わたしが得心すれば返してあげる」

「玉之助、ちと離れておれ」

と未だ詳しい事情を知らない玉之助を大人の会話の場から離した。玉之助が危難に巻き込まれたとしても大事に至らぬようにと考えたからだ。

「わたしと二人になって、なんか変なことをしようというんじゃないわね。大声を上げるわよ」

「小菊、白昼だぜ。近くに人もいれば弟もおるところでなにをいたそうというのか」

「だから、変なことよ」

女浄瑠璃師と聞いたから年増女かと思っていたが、小菊は十八、九歳だった。

影二郎は七代目團十郎が危難に見舞われている経緯の概略を告げ、玉之助には團十郎に張り付いてもらう軍資金を渡したことを話した。

「七代目がそんな難儀に見舞われているの」

小菊が丸い目玉をさらに丸くして影二郎を見上げた。

「こたびの奢侈禁止の触れに関わってのことだ。七代目を襲う輩の背後には分からず屋の町奉行どのが控えておられると見た」

「馬鹿鳥居だな、くそっ！」

と可愛い顔が罵り声を上げた。

「女浄瑠璃の次は芝居まで駄目なの」

「芝居町を猿若町に追い立て、万事に派手な七代目を槍玉に挙げて禁令を徹底しようとの考えであろう」

「それで玉之助を使おうと考えたの」

「駄目かのう。玉之助は大人以上に機転も利けば度胸も分別もある」

影二郎は西広小路の騒ぎを小菊に話して聞かせた。

「分かったわ、浪人さん。玉之助が役に立つんなら使って」

と袖から巾着を出した。

「そなた、たまたま通りかかったか。それとも長屋がこの近くか」

「あら、いけない。天ぷら屋で手伝いをしているの。玉之助のことで仕事を放り出して親方に叱られるわ」

女浄瑠璃の職を追われた小菊は天ぷら屋で働いていると言った。

「われらも天ぷらを食べに来たところだ」

「ならば、もう店も空いた頃合よ。いらっしゃいな」

とようやく笑みを浮かべた顔を弟に向け、

「玉、しっかりお働き」

と巾着を宙に投げた。

「あらよ」

と玉之助が片手で器用に巾着をつかみ、三人は天ぷら屋に入った。

「親方、客を二人引っ張りこんだわ」

「長話の末に玉之助を連れてきて、客だと吐《ぬ》かすか」

とねじり鉢巻で油のたぎる鉄釜の前にいた親方が、一文字笠を脱いだ影二郎を見て、

「おや、あさり河岸の若鬼夏目様じゃございませんか」

と声をかけた。

「知っておるのか」

「若い頃、ぐれた口でねえ。おまえさんの颯爽《さつそう》とした無頼ぶりを遠くから惚れ惚れと見ていた手合いでさあ」

「親方、この浪人さん、親方と同じようにぐれた口なの」

「小菊、ぐれた口だがこちとらとは貫禄、腕、気風《きっぷ》、銭遣い、すべてが違わあ。実家は浅草西仲町の料理茶屋〈嵐山〉だ、金には困らねえ。腕前は鏡新明智流桃井道場で鬼と知られたお人が悪仲間に入ったんだ、一目おかれたねえ」

と親方は昔を追憶するようにいったが、影二郎が小伝馬町の牢屋敷に繋がれたことは口にしなかった。

小菊が影二郎を見上げて、

「浪人さん、なんでぐれたんだい」

と聞いた。

「すまぬがそなたと話しておったら、喉が渇いた。酒があれば冷やでよい、茶碗でくれぬか」

と頼んだ。

「あいよ」

小菊が奥に行き、影二郎と玉之助は小上がりにようやく腰を落ち着けた。

「浪人さん、姉ちゃん、あれで悪気はないんだ。気に障ったら勘弁してくんな」

「気に障ることなどなにもない。姉も弟も互いを気にかけて優しい上になかなかのしっかり者だ」

小菊が白磁《はくじ》の湯呑み茶碗にたっぷり酒を注いできた。

「親方は七分目に注げというんだけど、さっきのお詫びになみなみと入れておいたわ。親方には内緒よ」

「馬鹿野郎、おめえの声は浄瑠璃で鍛えた声だ、よく通るんだよ。内緒もなにもあるものか。うちの酒で礼なんぞを返すんじゃねえ」

「あら、親方、聞いてたの」

昼餉の刻限がいつの間にか過ぎて、間口二間、奥行き四、五間の天ぷら屋は影二郎のほかに客は消えていた。

「うちは魚河岸が近いでしょ、昼前のほうが客で込み合うの」

頷いた影二郎は、頂戴しようと茶碗酒を一口呑んだ。

「美味い、下り酒だな」

「天ぷらの材料《ねた》と酒は自慢だ」

親方がわが意を得たりという顔で頷いた。

「〈嵐山〉は相変わらず商売繁盛ですかえ」

「禁止令に引っかかり、昨年の暮れ、商い停止に追い込まれた」

「あら、夏目様の実家も御触れで駄目になったの」

「暖簾を下ろしてみたが、商いはじじ様とばば様の生き甲斐だ。それに奉公人の身も案じねばならぬ。最近な、〈十文甘味あらし山〉と模様替えして、蕎麦餅なんぞを十文で売っておる。取締りが厳しいとはいえ、一品十文では文句もでまい」

「ああっ、浄瑠璃も値《ね》が下げられるといいのにね」

「小菊、音《ね》が下がっては浄瑠璃になるまい」

「ほんに」

と笑った小菊が、

「さっきの話だけど、こうみえても小菊は七代目と縁があるのよ」

「縁とはなんだな」

「七代目のお妾さんで池之端《いけのはた》のお葉《よう》さんとはお師匠さんが一緒なの。黒門町《くろもんちょう》の文字歌《もじうた》師匠の姉妹弟子よ。声は小菊が上だけど器量が違ったわ。お葉さんは下谷《したや》広小路《ひろこうじ》で小町といわれた女だもの、天下の七代目が声をかけるはずよ」

「お葉さんは池之端にお住まいか」

影二郎は七代目の二人の妾を承知していたが、これで三人が揃ったことになる。

「下谷御数寄屋町に七代目が通ってくる家があるわ。なんぞ知りたければお葉さんに頼もうか」

「今はよい。お葉さんが七代目の危難を知れば無益に案じなさろう。さすれば敵方も気付いて今度はお葉さんに危難が降りかからんとも限らぬでな。ここはわれらに任せよ」

「そう、玉之助に頼んでおいて小菊をのけ者にする気」

「そういうわけではない。真打《しんうち》の出番は後ということだ」

「文字菊《もじぎく》は真打か。いいかい、お葉さんの住まいは上野元黒門町に接した黒板塀から竹林が覗いている小体な家だ。いけばすぐに分かるよ」

「そなた、浄瑠璃の名は文字菊と申すか」

「そう、杵屋《きねや》文字菊、なかなかこれで贔屓がいたのよ」

と言った小菊は照れたように笑った。

茶碗酒を呑んだ後、影二郎と玉之助はきすなど魚河岸から仕入れた旬の魚の天ぷらで昼餉を食した。

「よし、これで腹ごしらえは終わった。浪人さん、おれは芝居小屋にいって、七代目を見張るぜ」

「なにかあれば、三好町の市兵衛長屋に知らせよ」

「あいよ」

小菊に見送られて、二人は親仁橋の袂《たもと》で左右に分かれることにした。

「玉之助、姉ちゃんの手助けが要るときはすぐに知らせてよ」

と小菊が弟に迫り、

「こいつは女の出る幕じゃないよ」

と一蹴《いっしゅう》された。


四半刻後、夏目影二郎の姿は室町《むろまち》にあった。

長吏《ちょうり》、座頭《ざとう》、舞々《まいまい》、猿楽《さるがく》など二十九職を束ねる、

「鳥越《とりごえ》のお頭《かしら》」

こと浅草弾左衛門《だんざえもん》の室町屋敷を訪ねようとしていた。

徳川幕府の将軍を頂点にした封建社会を表と呼ぶならば、いま一つ裏の社会が湖面に映る逆さ富士の如く存在した。それが浅草弾左衛門を頭分に闇の世界を形成し、徳川幕府を陰から支えていた。

徳川幕府と弾左衛門が率いる闇の世界はその厳しい階級制と複雑な権力構造において双子の如く相似形をなして存在し、互いが力を補完し合っていた。

徳川幕府は闇の頭領に対して、御城近くの室町に町年寄《まちどしより》の樽屋藤左衛門《たるやとうざえもん》や喜多《きた》

村彦《むらひこ》右衛《え》門《もん》らに混じって、二千六百余坪の拝領屋敷を許していた。

この室町屋敷は表と裏の二つが通じ合う、ただ一つの公式外交の場であったのだ。

影二郎は浅草弾左衛門の室町屋敷の門前に立つと門番に一文字笠を指し示して、

「お頭はこちらにご滞在であろうか」

と聞いた。

影二郎は母が亡くなり、常磐家に引き取られたが、義母との折り合いがうまくいかず、屋敷を出た。

その折り、父の常磐秀信が与えた夏目瑛二郎を影二郎と自ら改名し、無頼の徒に身を沈めた。それを知った弾左衛門がこの一文字笠を贈って、仲間入りを許してくれた。渋《しぶ》を塗り重ねられた一文字笠には、
江戸鳥越住人之許
の意を示す梵字《ぼんじ》が隠されて書かれてあり、浅草弾左衛門が率いる闇の世界の通行手形であることを示していた。

門番が秘された梵字を読み取ると、

「逗留にございます」

「ならば用人吉兵衛《きちべえ》どのに夏目影二郎がご挨拶したいと通じてくれぬか」

と頼んだ。

影二郎の願いは早々に聞き届けられ、式台《しきだい》に迎えた吉兵衛の案内で室町屋敷の大書院に通された。

四十畳敷き大書院では十数人の上役、下役、小者と呼ばれる重臣中級幹部が集められ、弾左衛門からなに事か命を授けられていた。

「お邪魔ではござらぬか」

「もはや御用は終わりました」

吉兵衛の言葉どおり大名家の家老、留守居役、中老などとほぼ身分階級を同じくする面々が大書院から姿を消した。すると大書院の奥に弾左衛門が一人座していた。

この日、弾左衛門は純白の肩衣《かたぎぬ》にも似た衣装を身につけていた。

「草津の湯治行に関しまして弾左衛門様のご親切を受けながら、帰着の挨拶もいたさず申し訳ないことにございます」

料理茶屋〈嵐山〉が禁令に触れて暖簾を下ろすと決まったとき、影二郎は祖父母と若菜を骨休めに湯治に誘おうと考えた。

そのとき、弾左衛門が上州の名湯草津を勧め、なに事かあれば頼れと湯守の河《かわ》原屋半兵衛《らやはんべえ》を紹介してくれたのだ。

年寄りを連れての湯治行でどれほど心強かったか。だが、江戸に帰って弾左衛門に礼を述べてないことをまず詫びた。

「なんの影二郎どの。過日、若菜様より〈十文甘味あらし山〉を開く旨のご挨拶がございましてな、蕎麦餅をたくさん頂戴しました。なんとも素朴な香りでほどよき甘味でございました」

「なんと若菜がそのようなことを」

影二郎は驚いた。

「亭主どのは多忙の身ゆえな、ご挨拶が遅れておりますとご丁重なことでございました。さすがにお武家様の出でございますな」

と弾左衛門が微笑んだ。

「またなんぞ起こりましたか」

「お頼みごとばかりで恐縮にございますが、お調べ頂きたきことがございまして参上いたしました」

「申されよ」

影二郎は北町奉行遠山金四郎景元から依頼された経緯から今まで見聞した出来事を告げた。

「なんと鳥居様は大江戸の飾り海老に標的を定められたか」

「芝居小屋を浅草猿若町に追い立てた後、團十郎をどうしようというのか、その辺は未だ判然としませぬ」

「役者としての道を閉ざすつもりか、七代目の命を取ろうというのか。いずれにしても市川團十郎には忌々《いまいま》しきことですな」

と応じた弾左衛門が、

「それにしても過日は夏目様の実父常磐秀信様のお命を狙い、夏目様に阻止されたとみるや忽《たちま》ち矛先《ほこさき》を大江戸の飾り海老に変えた。妖怪どのも忙しいが、夏目様も息を抜く暇もございませぬな」

と苦笑いした。

「恐れ入ります」

「じゃがこたびの天保の改革、いかにも無理があり過ぎる。妖怪どのは張り切って陣頭指揮をなさっておられるが、周りはそうそう妖怪どのの意のままに動くまい」

「幕閣の大半は鳥居様の強圧的な禁令執行を冷たい目で見ておられましょう。ですが、後見は老中首座水野忠邦様、厄介にございます」

と答えた影二郎は、

「お頭、尾上菊五郎の後見をなす唐国屋義兵衛なる者にお心当たりがございましょうか」

「三代目の後見は唐国屋ですと」

情報通の弾左衛門は未だそのことを知らなかったか、聞き返した。

「芝居者から聞き及びましたが、二丁町から浅草猿若町へと引っ越す名残の興行を賑々しく、中村座も市村座もこの五月に打つそうにございます。菊五郎は團十郎の向こうを張って助六を演ずるそうな。となれば文政の二座競演の蒸し返し、芝居町が二つに割れるばかりか、血を見る騒ぎにも発展しましょう。唐国屋は菊五郎側の金主《きんしゅ》じゃそうな」

「市村座の金方に唐国屋がついておりますか」

「そういう話にございます」

長いこと弾左衛門は沈思した。

影二郎は待った。

口を開いた弾左衛門は、

「天保の改革がわれらの世界にも悪い影響を与え始めております。これは許し難い。さらには河原者は私の支配下の者でもあった」

と弾左衛門がいった。

芝居者はかつて弾左衛門の支配下にあったが、ただ今はその下を離れていた。だが、過去に縁があったことに変わりはない。

「さて、唐国屋義兵衛じゃが、われらの習わしと決まりごとをとことん踏み付けにして商いを伸ばしてきた人物、注視しておりました。今、影二郎どのの話を伺い、どうやらわれらも立ち上がるときがきたと腹を固めました」

傍らに控える用人の吉兵衛の体に緊張が走った。

「お頭、過日も申しました、お頭が動くとき、夏目影二郎、先陣を相務めます」

「心強き味方かな。海城の一件を含め、ちと時間を頂きたい。われら、早急に手を回して調べる。唐国屋は影二郎どのが想像されるように漠《ばく》として捉えどころなし。だが、その力は幕府をも吹き飛ばすものを秘めております。今はな、我慢をして、相手のことを調べ上げるのが先決です」

弾左衛門はそう言い切った。

「承知いたしました」

この日、弾左衛門と影二郎の話し合いは数刻に及んだ。

三

その夜、影二郎は室町の弾左衛門屋敷から下谷御数寄屋町《おすきやまち》に足を向けた。弾左衛門屋敷に長居をしたせいで、すでに夕暮れから夜へ時が移ろうとしていた。

御数寄屋町は元々神田薬師《かんだやくし》と町内で呼ばれていた天台宗《てんだいしゅう》医王山薬師院東福寺《いおうさんやくしいんとうふくじ》と臨済宗総禅寺《りんざいしゅうそうぜんじ》があった場所だ。だが、まず天和《てんな》二年（一六八二）に東福寺が類焼して麻布《あざぶ》に移り、二年後に総禅寺も火事の被害を受けて、寺地を駒込千駄木《こまごめせんだぎ》に移した。

この両寺の跡地に御数寄屋坊主の鈴木《すずき》一斉《いっせい》ら四人が屋敷を拝領して、段々と数を増し、およそ二十人の御数寄屋坊主と奥坊主が住む土地となって御数寄屋町と呼ばれることになった。

町内はおよそ東西四十二間三尺、南北五十五間二尺余で狭い地だ。

影二郎が下谷広小路から不忍池《しのばずのいけ》の南に広がる御数寄屋町に足を踏み入れたと

き、町内におぼろな靄が立ち込めているのを見た。

刻限は四つ半（午後十一時）の頃合か。

影二郎は御城務めの御坊主が多く住むという屋敷町に身を入れると、小菊が話してくれた上野元黒門町と接する方へと歩いていった。

静かな町並みだ。

洒落《しゃれ》た妾宅らしき門前に出た。

格子戸に成田山新勝寺のお札が張ってあるところを見ると七代目市川團十郎の妾宅に間違いはない。

影二郎はぐるりと妾宅の周りを歩いてみた。元々大商人の御寮《ごりよう》かなにかだったところを七代目が買い取って手を入れた様子だ。

敷地二百数十坪はありそうだ。

三つの妾宅のうち、一番の普請で手入れも行き届いていた。それだけに七代目がお葉に寄せる想いが伝わってきた。

夜の帳《とばり》とともに靄がさらに深くなったように思えた。

ふいに影二郎は前後を二人に挟まれたことを知った。

「なんぞ用事か」

影二郎の行く手に立ち塞がったのは総髪に着流し、痩身《そうしん》で削《そ》げた頬の男で、片手を襟元に突っ込んでいた。

「道に迷うたようだ」

「ならばさっさと出ていきねえ」

押し殺した声が命じた。

お葉の家は見張られていた。だが、下っ端とみえてなんの事情も知らない輩のようだ。

影二郎の背後の男も間を詰めてくるのを感じた。ぞくりとした殺気を漂わす二人は昔、影二郎が身を置いていた世界を想起させるものだ。わずか数両の金のために他人に怪我をさせ、殺《あや》めることを躊躇しない連中だ。

無知なだけに、油断をすると危険な手合いでもあった。

この二人もまたそんな修羅場を生き抜いてきた様子だ。

「この町内は御城勤めの御坊主衆が住むと聞いたが、無粋な兄さん方はなにをしておられるな」

「なにっ」

相手は決して高声《こうせい》を発しなかった。見張りを命じられているだけと影二郎は確信した。

「おめえ、この路地に迷い込んだんじゃねえな」

「実を申すと七代目の妾宅を見物にきたのだ」

答えはなかった。いや、背を丸めた相手は懐の片手を抜き出すより速く影二郎に突進してきた。これが答えだった。

きらり

と匕首の刃が閃《ひらめ》いた。

背の仲間も匕首を抜いて迫ってくるようだ。

影二郎は背後の仲間との間合いを計りながら、前方へ走った。走りながら法城寺佐常二尺五寸三分を抜き打った。

二人の攻撃は影二郎が先反佐常に頼らねばならないほどに迅速で危険に満ちていた。

一瞬の裡に間合いが切られた。

接近戦で先手をとった相手の匕首に身を投げ出すように飛び込んだ影二郎の先反佐常は、匕首の迅速を超えた動きをした。

鞘走《さやばし》った刃が一条の光となって白い弧を描いた。

影二郎は眼前に匕首の切っ先を感じながら佐常を引き回していた。

寸余、匕首は届かなかった。

先反佐常が勝った。

相手の脇腹から喉元を深々と斬り上げ、

「うっ」

と相手が棒立ちに立ち竦《すく》んだ。

その瞬間、影二郎は片足を支点に反転を試み、背後から突っ込んでくる二人目を存分に引き寄せ、虚空に振り上げた先反佐常で斬り下げていた。

先反佐常が振り下ろされるところに相手の肩口があって、相手は刃を感じた途端、地面に押し潰されるように斃れ込んでいた。

夜風が路地を吹きぬけたような一瞬の戦いだった。

血腥《ちなまぐさ》い臭いが漂った。

影二郎は辺りを見回した。

人影はない。

どこぞに二人を隠す場所はないか。

路地のどんづまり、不忍池に流れ込む溝《どぶ》があった。迷う暇はない。

影二郎は先反佐常に血振りをくれて鞘に納めると、二人の男の襟首を持って路地を引き摺《ず》り、溝に投げ入れた。

戦いの場に戻った。

路地に射し込む薄明かりに抜き身の匕首が転がっているのが見えた。

抜き身の匕首をつかみ、お葉の家の裏戸に匕首の切っ先を突っ込み、閂を外した。

竹林が塀の内側を取り巻いていた。

影二郎は手入れの行き届いた竹林を進んだ。

小さいが豪奢な建屋が見えた。妾宅は七代目を迎える仕度が終わり、明かりが煌々《こうこう》と点されていた。

（どうしたものか）

無粋な真似をすることにかわりはなかった。その上、一騒ぎ起こりそうな感じもした。なにしろ野犬のような連中に見張られている妾宅だ。

影二郎は一文字笠を脱ぐと明かりに向かって歩み寄った。

半刻後、お葉の家が慌しくなった。

七代目市川團十郎がお葉の家の玄関先に飾り海老の駕籠を止めたのだ。出迎えに出たお葉の華やいだ声がして、妾宅に主が戻ってきた。

さらに半刻後、濃い靄が御数寄屋町を押し包んだ。先ほどまで漂っていたおぼろな靄と違い、妖しげな冷気が漂う靄だった。

竹林がさわさわと鳴った。

靄が竹林から泉水のある庭を横切り、開け放たれた座敷へと漂いきた。

靄から白い長衣が浮かび出た。その数、八つ、九つ、十を数えた。さらに竹林が異変を告げた。

コンチキチコンチキチ……

影二郎には馴染みの鉦《かね》の音が響いてきた。

座敷で酒を酌み交わす男と女、七代目市川團十郎とお葉だ。

團十郎の目玉が庭に向けられた。

「さても妖しき風情かな」

と舞台で鍛えた声が響き、問うた。

「無粋をいたすは、どなたさまにございますな」

靄の下から顔を覗かせたのは猿面冠者だ。

「成田屋、そなたの命、貰い受けた」

猿面冠者の頭分、赤猿《あかざる》が宣告した。その手には切子《きりこ》型の分胴《ふんどう》を三尺ほどの鉄鎖の両端に付けた棍飛《こんぴ》を手にしていた。

「ほう、團十郎の命をご所望《しょもう》でございますか」

「ちと増長に過ぎたな、御城の奥でどなたかの気に障ったのだ」

「あれも駄目これも駄目と倹約、節約を唱える老中様のお先棒を担ぐ小役人がおるとは聞いておりましたが、おまえさま方はそのまた手先かえ」

團十郎の鉄火な啖呵が飛んだ。

「惚れ合うた妾と地獄へ落ちろ！」

再び、
コンチキチコンチキチ……

と鉦の音が響いた。

「肥前《ひぜん》長崎のおくんちでもあるめいし、耳障りな鉦の音よ」

團十郎の声と同時に竹林から飛び道具が放たれた。

霧を切り裂いて團十郎の喉元に飛来するのは、しころだ。しころとは忍び道具の一つで、鋸《のこぎり》のことだ。長さ四寸幅一寸余のしころの先端は尖っており、片切刃が鋸になった、万能の忍び道具だ。しなやかに曲がるしころを忍び装束に縫い込み、万が一、囚《とら》われの身になったときにはしころを出して牢の格子を挽《ひ》き切り、もはや最期の時と悟《さと》れば自害もできた。

虚空を切り裂くしころは真一文字に團十郎に向かって飛来した。

だが、どこから迎え撃って投げられたか匕首が飛んできてしころと絡まり、縁側の外にある踏み石に落ちた。

「なに奴か」

赤面の猿面冠者が叫んだ。

縁側に颯爽と現れたのは夏目影二郎だ。

「そなたらの相手役には七代目はもったいなかろう。この夏目影二郎が代役を務めようか」

「おのれ!」

「猿面冠者、おれの前でそなたらと唐人が同じ舞台を踏むのは初めてだな、唐人やら猿面冠者やら端役《はやく》は揃うた。どうやら太夫元は同じと見た。唐国屋義兵衛か、南町の妖怪奉行か」

猿面冠者が異国の言葉で叫んだ。

黙然と立っていた白い長衣の一人が動いた。矛《ほこ》を抱えている。並外れた巨漢で六尺五寸（約一・九七メートル）は超えていよう。青龍刀を背に負った胴回りも尋常ではなかった。

長髪、長髯《ちょうぜん》の偉丈夫だ。

影二郎も縁側から飛び降りた。

「今宵、法城寺佐常はすでに血を吸うておる。そいつが呼び水になるやもしれぬ、覚悟して参れ」

先反佐常が抜かれた。

影二郎の宣告に矛を抱えた巨漢が、
すいっ
と間合いを詰めた。

戦いのこつを承知して自らの間合いを心得ていた。

矛は両刃の直剣に長柄をつけたものだ。だが、この巨漢の抱えた矛は一丈ほどの柄の端に鉄の輪が嵌《は》め込まれて、両刃と鉄の輪、どちらも武器になるように工夫されていた。

長髯の巨漢が柄の中ほどを片手で持ってぐるぐると回し始めた。すると夜気を裂く音が、

ひゅうひゅう
と鳴った。

回転の速さを上げたせいで矛先か鉄の輪か、もはや区別はつかなかった。ただ、一丈余の矛が回転する円剣と化していた。

円剣の先端に触れれば斬り殺されるか、撲殺されるか二つに一つだ。

影二郎は先反佐常を八双《はっそう》に置いた。

巨漢がさらに一歩踏み出した。すでに回転する矛先と影二郎の間合いは半間を切っていた。

ふいに矛の回転の角度が変じた。あたかも波打つように前に斜めに振られ、横手に移り、さらに頭上にと巨漢の体の周りで変化した。

影二郎は矛の回る内懐に入り込めねば勝ちはないことを承知していた。

だが、影二郎の体を吹き飛ばそうとする風圧であった。

團十郎は演技者の目でこの勝負の行方を見詰めていた。

戦いの場を主導しているのは明らかに巨漢の剣士だ。

一方、影二郎は痩身の右肩に先の反った剣を立てて静かに立っているだけだ。

静と動。

全く対照的な二人の戦いをその場の全員が注視していた。

團十郎の座す座敷からは、影二郎の横顔がわずかに見えるだけだ。

影二郎を半円に大きく囲む猿面冠者や唐人らの面上に訝しい表情が漂った。

（なにが起こったか）

團十郎にもお葉にも分からなかった。

八双に立てられた剣が緩やかに動き出した。

影二郎の右手へと緩く下降を始めたのだ。

それを見た巨漢剣士は矛が描き出す円剣を頭上に戻した。

影二郎の剣はほぼ水平に、体の右手に寝かされていた。

圧倒的にかつ迅速に回転する円剣と緩やかに真円を描こうとする先反佐常の軌跡は全く対照的であった。

巨漢が気配もなく円剣を離した。片手から放たれた矛は回転しながら影二郎に向かい、襲った。

すいっ
と影二郎の体が流れて、円剣が回転する縁を走り、先反佐常が横一文字に掬《すく》い上げていた。

かーん
と音を響かせて円剣が両断され、地面に転がった。

猿面冠者と唐人たちから驚きの声が上がった。

巨漢は円剣の攻撃が失敗したと知ると、背の青龍刀の柄に手をかけた。

敏捷な動きを封じたのは影二郎の滑るような動きだ。

一気に間合いを詰めた影二郎の、左手に流れた先反佐常が引き付けられて反転した。

その刃が巨漢の喉元を、
ぱあっ
と斬り上げた。

偉丈夫が驚愕《きようがく》したように両眼を見開いた。そして、自らの身に起こった事態を理解したか、哀しげな顔へと変わり、二歩三歩と影二郎に向かってよろめき近付いた。

巨漢はそれでも青龍刀を抜こうとしていた。

その手を先反佐常から離された影二郎の片手が軽く押さえた。

巨漢の口から呪詛《じゆそ》のような異国の言葉が投げられた。それでも巨漢は抵抗しようとした。おのれの敗北、死を跳ね返すように青龍刀に賭けた。だが、影二郎の片手は無常にもそれを阻止した。

巨漢の顔に絶望の気配が広がり、ゆっくりと巨木が崩れ落ちるように影二郎の足元に倒れ込んだ。

影二郎の片手に青龍刀が抜き身で残り、もう一方の手には先反佐常があった。

両手に二つの剣を持った姿で影二郎が体の構えを変えた。

その瞬間、團十郎は影二郎が両眼を閉じたままに戦いを終えたことを知った。

(なんという豪胆か)

猿面冠者の頭目、赤猿が棍飛を投げた。

影二郎が再び舞うように動いた。

両端に分胴をつけた鉄鎖が風を切って影二郎目掛けて飛んできた。

影二郎の片手の青龍刀が投げ上げられ、棍飛に絡みついた。

「おおっ」

というどよめきの中、影二郎が走った。

猿面冠者の頭目が後退《あとずさ》りした。

だが、そのとき、影二郎はすでに間境を越えて相手の内懐にいた。

先反佐常が再び翻《ひるがえ》り、猿面冠者の頭目の喉元を斬り裂いていた。

ぱあっ

と血飛沫《ちしぶき》が飛び、赤猿が横倒しに斃れ込んだ。

血に濡れた先反佐常の切っ先が襲撃者の一団に向けられた。

「七代目にこれ以上、手を出すでない！」

影二郎の声が勝敗を決したことを示してその場に響き渡った。

「そなたらの仲間二人を連れ帰れ、差し許す」

さらに影二郎の声が追い討ちをかけると猿面冠者、白の長衣の一団が二人の敗北者の亡骸を抱えて竹林の中へ消えた。

ゆっくりと靄が晴れてきた。

空の盃《さかずき》を手にした團十郎は呆然自失していたが我に返った。

「夏目様、おまえさまを舞台に立たせたい。われら、千両役者と呼ばれてきたことが恥ずかしいわ」

と言うと、

「お葉、夏目様に喉の渇きをいやして頂け」

と命じた。

「はい」

お葉が答えて立ち上がった。

いつしか竹林に漂う靄が消えていた。

その竹林が動いて玉之助が立ち上がった。

「玉之助、そこにおったか」

「おっ魂消《たまげ》たぜ。七代目が感心なさるはずだ、あさり河岸の鬼は伊達《だて》じゃねえや。

七代目の得意じゃねえが、でっけえ、でっけえ、ありゃこりゃ、でっけえ！　だぜ」

と叫んだ。

「おいっ、玉之助、おれの得意を持っていきやがったな。おまえはいつから夏目様の子分になったえ」

七代目が声をかけた。

「團十郎様を見張れと命じられたのは今日の昼のことだよ、七代目。まさかこんな騒ぎが起こるなんて考えもしなかったぜ」

「玉之助、これは芝居の幕開きだ。これからが本狂言じゃぞ」

影二郎の言葉に玉之助が、

「合点承知之助だ」

と頷いた。

「ささっ、お二人さん、お上がりなさって下さいな」

お葉の玉を転がすような声がした。

四

その昼下がり、影二郎は〈あらし山〉を訪ねた。

おこまを通じて、菱沼喜十郎がどこぞ人目に付かぬところで会いたいというので〈あらし山〉を借りることにしたのだ。〈あらし山〉は料理茶屋をやっていたほどだ、座敷ならばいくつもあった。

陽が落ちて〈あらし山〉が暖簾を下ろした後に菱沼喜十郎が南町奉行所同心牧野兵庫を伴い、姿を見せた。

二階座敷で三人は対面した。

「牧野どの、お久しゅうござる」

「夏目様にもご壮健とお見受けいたしました」

「五体は壮健じゃが、気鬱《きうつ》になる御時世かな」

牧野が苦笑いした。

「それがし、内勤に回されて心からほっとしております。町中をあの幟を掲げて巡回するのはちと心労にございますれば」

牧野がいう幟とは、

「江戸町奉行所　御禁令取締隊」

のことだ。

「いかにも定廻り同心から定中役に替わられてなによりでござった」

影二郎と牧野の会話を聞いていた喜十郎が、

「唐国屋義兵衛の一件の探索を始めてみますと、調べれば調べるほどに義兵衛なる商人が存在するのかしないのか判然といたしませぬ」

「分からぬか」

「会ったという者を追及しますと、確かあの人物が唐国屋さんのはずだという曖昧《あいまい》さにございまして、直に話をしたという者には出会いませぬ。そこで牧野どのにお力添えを願った次第です」

領く影二郎に牧野兵庫が、

「霊岸島新堀左岸はそれがしが定廻り同心の折りの縄張り内にございました。唐国屋が新規に店を開いたのはお蔭参りが猖獗《しょうけつ》を極めた天保元年の秋のことにございます。あの年のお蔭参りは上方《かみがた》から讃岐《さぬき》、阿波《あわ》、美濃《みの》辺りが中心にございましたが江戸にも波及し、職人やお店《たな》の奉公人が数多く仕事を放り出して伊勢に向かいました。そんな騒ぎが鎮まってみると、唐国屋が店を構えていたのでございます。巡回の町内でもあり、それがしも顔出ししまして家族や奉公人のことなどを番頭に聞いた覚えがございます。いえ、ただ今の大番頭の静蔵とは違い、気の弱そうな成兵衛《せいべえ》という番頭と覚えております。店の間口は四間ほど、さほど大きな規模ではございませんでした」

「その折り、すでに義兵衛が主であったか」

「はい。義兵衛の名義で商いの届けも南町の市中取締諸式調《しちゅうとりしまりしょしきしらべ》掛《かかり》に出ております。番頭が申すには主は病身とかで、滅多に店に出ることはないとか。ゆえにそれがしも義兵衛と会ってはおりませぬ」

「唐国屋はただ今、諸普請請負諸道具扱の看板を上げておるが、当時からそうか」

「いえ、当初は諸道具扱と変わった看板で、それがしがなにを商うのだと問いますと、箸一膳から屏風、焼物、船簞笥《たんす》など諸々を売り買いすると答えました。それゆえ古道具屋かと問い返しますと、扱う品は名のある職人が手がけたお道具、ゆえに古道具屋ではなく、値の張る骨董《こっとう》屋に近いものだと申しておりました」

「商いはいかがであったな」

「それがいつ潰れてもおかしくないようで客もあまり見かけませぬ。われらも見回りの途中、まだ唐国屋は店を開けておるぞと噂したことは二度や三度ではございませぬ。もっとも高値のお道具なれば番頭が担いでお屋敷を回って歩きますゆえ、目に見えぬところでは品の動きがあったかもしれません」

「いつから盛業と変わったのだ」

「それがしの記憶をたどるに天保八年の末か、天保九年の年初めころからかと思えます。諸普請請負を看板に加え、数寄な普請をいたすというので分限者の間に口伝えで広がった由《よし》にございます。その頃から大番頭に静蔵が座り、店中に睨みを利かすようになって、いつしか成兵衛の姿は見えなくなりました。奉公人も一新されたように思えます」

「主の義兵衛はどうなったのであろうな」

「そこです」

と顎《あご》に手をやった牧野が、

「唐国屋の出入りのお医師は小網町三丁目の和泉道庵《いずみどうあん》先生にございました。菱沼どのから相談を受けた後、われら二人で道庵先生の診療所を訪ねましたが、道庵先生は一年半も前に身罷《みまか》られて、養子どのが跡を継がれておりました。この養子どのが先代の供で唐国屋に出向いたことがあるそうです。ですが、診察をするのはいつも先代一人、養子どのは店先で待たされていたと申します。ゆえにこの人物もまた義兵衛を見てはおりませぬ。だが、診察の帰路、先代が義兵衛は胃弱の上に喘息《ぜんそく》持ち、そう長くはあるまいと漏らしたことがあるといいます」

「訝しいな。病気持ちの男が諸普請請負を新規に立ち上げ、数年の裡に店を何倍も大きくし、奉公人の数も一新して増やす、そのような力技ができるものであろうか」

影二郎の呟きに牧野と喜十郎が首肯した。そして、喜十郎が、

「われら和泉先生の診療所からの帰り道、いろいろと話し合い、天保元年に町奉行所に届けられた唐国屋義兵衛とただ今の唐国屋は屋号が同じながら、主も奉公人も商いも全く違うものとすり替わっているのではないかという結論に達しました」

「まずそう考えるほうが得心できる」

「ならば唐国屋義兵衛の店と名を受け継いだ人物はなに者かという、最初の問いに戻らざるをえません」

と牧野が首を捻った。

「牧野どの、そなたの主の鳥居どのは蘭学嫌いとして知られておるが、この唐国屋、なんとのう異国の匂いがいたさぬか」

「いかにも。それもふんぷんと漂わせております」

と牧野が頷いた。

「当代の唐国屋が商いを急進展させたには、理由がなければならぬ。それには幕閣の力を借り受けるのが一番手っ取り早かろう。こたびの騒ぎを見ておると南町奉行どのの私兵と唐国屋の手下《てか》は、どうやら手を結んでおるように見受けられる」

影二郎は七代目市川團十郎の妾、お葉の家に立ち現われた猿面冠者と、唐人と見受ける刺客団の話をした。

「なんとそのようなことが」

牧野兵庫が顔色を失った。

「お奉行は強引なお人柄ゆえ、われらが承知いたさぬ手もお使いになられます。

まさか猿面冠者などという刺客団を手下に持っておられるとは」

「おれにとっては馴染みの面々よ。だがな、解《げ》せぬのは蘭学嫌いの妖怪が異人くさい唐国屋の後見をなしておるということだ」

牧野兵庫がしばし沈黙に落ちた。

ふうっ
と一つ息を吐いた牧野が口を開いた。

「狷介《けんかい》にして疑心に満ちた人物にござれば、だれもお奉行の心のうちを窺い知ることはできますまい。ですが、一つ推量できることは己の当面の敵を倒すために敵の敵と手を組む、力を借りることを厭《いと》わぬお人柄にございます。ゆえにお奉行が唐国屋の力を頼り、天保の改革の先頭に立っておられるのも納得できます」

「牧野どのが申されること、一理ござるな」

影二郎も頷いた。

「影二郎様、唐国屋が諸普請請負稼業で商いを大きくしておるのは確かなことにございましょう。そこで、牧野どのが苦労をなされて、唐国屋が手がけた普請を一つだけ見つけて参られました。御進物《ごしんもつ》番頭平田頼母《ひらたたのも》様が金杉《かなすぎ》村に抱え屋敷を構えておられましてな、若いお女中を住まわせているそうな。見物に参りませぬか。

今宵、妾は実家に戻り、不在にございます」

御進物番は御書院《ごしょいん》番衆や御小姓《おこしょう》番衆、将軍の親衛隊である大番《おおばん》から出役し、大名・旗本からの御献上物や将軍からの下賜《かし》の品を扱う役目だ。御進物番は五十人ほどいたが、番頭となると将軍家近習《きんじゅ》として隠然たる力を持っていた。

平田は御進物番頭の役職を利して、抱え屋敷に若い女中を住まわせる財力を得たと見える。

「忍び込むか、面白いな」

と答えた影二郎は、

「ただし、他人の家に忍び込むには、ちと刻限が早かろう。腹拵《はらごしら》えをして参ろうか」

と手を叩くと、心得たように若菜が膳を運んできた。

金杉村は下谷坂本《さかもと》町から千住《せんじゅ》大橋に向かう通りの西北、東叡山寛永寺《とうえいざんかんえいじ》の北側に広がる一帯で、西に谷中《やなか》本村、北に三河島《みかわしま》村と接していた。

御進物番頭平田頼母の抱え屋敷は東叡山の崖の中腹にあって、眼下に金杉村など江戸の鄙《ひな》びた景色を望む地にあった。

三人は抱え屋敷の南側に、洒落た茅葺《かやぶ》きの表門を見つけた。月明かりに茅葺きが苔むして歳月を経ていることが知れた。どうやら平田は古屋敷を買い取り、手を加えたようだと推量がついた。

「無人か」

影二郎が呟いた。

「母屋に手を入れるとかで、職人が入っておりまして、妾が実家に帰ったのをよいことに数人の奉公人にも休みを取らせたようです。いえ、この職人は唐国屋の手の者ではなく、下谷車坂《くるまざか》の左官にございます」

牧野はどうやらこの職人を通じて情報を仕入れたようだった。

「しばしお待ちを」

牧野が二人を待たせて横手へと回った。しばらくすると茅葺きの門の中から足音がして、
ぎいっ
と両開きの門の片側が開かれた。

牧野は鍵まで借り受けていたか。

「影二郎様、敷地の北側は急崖《きゅうがい》に面しております」

「眺めがよかろうな」

影二郎らは大小の石が形作る道を母屋へと向かった。抱え屋敷はさほど大きくはない。茅葺きの書院造りのようで座敷の数はせいぜい四間、それに渡り廊下で離れ家と結ばれていた。

牧野は勝手口に影二郎と喜十郎を案内し、鍵で掛け金を外した。台所の土間はこの数日火が入ってないと見えて、冷え切っていた。

牧野が行灯《あんどん》を見つけてきた。喜十郎が持参の火打石で手際よく明かりを点した。どこにでもある台所が広がっていた。

三人は台所の板の間から奥座敷へと進んだ。凝った造りだが、風変わりな普請ではなかった。

外観から推測したように座敷が田の字形に四間、回り廊下が囲んでおり、壁の一部が塗り直されていた。さらに台所に奉公人の小部屋が二間あった。

「どことといって変わった造りではないな」

「ございませぬな」

「そなたに鍵を貸し与えた職人は、なんぞ申さなかったか」

「いえ、なにも」

「残るは離れ家か」

一旦庭に出た三人は飛び石伝いに離れ家に向かった。

「こちらの鍵は職人に貸し与えられておりませぬ」

「盗人の真似をいたすか」

「ここまでくれば」

と答えた牧野兵庫が離れ家の戸の下に小柄《こづか》を差し入れて、外した。離れ家は二間で茶室にも使えるようだ。

風が金杉村から吹き上げるのか、竹林がざわざわと鳴った。

「さて、どことい って変わりはないがな」

影二郎の言葉に首を捻っていた牧野と喜十郎がさほど広くもない離れ家を細かく調べた。そして、部屋の北側の廊下を足で踏んでいた喜十郎が、

「影二郎様、どうやらこの下に空洞があるように思えます」

というととんとんと足裏で叩いてみせた。

確かに他の場所と違い、音が空《うつ》ろに響いた。だが、廊下のどこにも隠し階段などありそうになかった。

影二郎は座敷の隅に設けられた二畳ほどの上段の間に目をつけた。

その奥は違い棚が組み込まれていた。影二郎が複雑に組み合わされた違い棚の戸を次々に開いてみた。すると二枚の畳が、

ぎいっ

という音とともに横へと滑り、隠し階段が現われた。

「なんという仕掛けだ」

牧野が驚きの声を上げ、行灯の明かりを隠し階段に突き出した。幅一間の階段が下へと延びていた。壁は鮮やかな紅殻《ベンガラ》で塗られて妖しい雰囲気が漂っていた。

明かりを翳した牧野を先頭に階段を下りた。高さ三間は下ったか、蔦《つた》を絡ませた意匠《いしょう》の飾り鉄扉が行く手を閉ざしていた。牧野が押し開いた。

大理石を敷き詰めた入口の向こうに木製の大きな南蛮の扉が嵌まっていた。

「どうやら階段下が唐国屋の普請と思えるな」

「はい」

と緊張の声で答えた牧野が取っ手を回して扉を開いた。

冷気が三人の頬を撫でた。

牧野が行灯を突き出して部屋に入り、立ち竦んだ。

影二郎と喜十郎も続いて行灯の明かりに照らされた空間に驚きの目を見張った。

高い漆喰《しっくい》天井には南蛮の四季折々の花鳥風月《かちょうふうげつ》が華やかに描かれて、背に羽を広げた天使が飛んでいた。

壁は南蛮の布が張られ、床は陶磁器の平板《タイル》が敷き詰められていた。広間には数多の南蛮家具が配置され、洋灯《ランプ》が壁に嵌め込まれていた。

「なんということで」

牧野が感嘆の言葉を漏らした。

影二郎は広間に接した扉を開いた。

そこは天蓋《てんがい》付きの寝台が鎮座する寝間だった。南蛮屏風や絵画や彫刻が飾られた続き部屋は影二郎らを異界へと連れていったようだ。

「驚きいった次第だな」

「影二郎様、このような普請は江戸の職人ではできませせぬ」

「南蛮の職人の手になるものだ。また石や漆喰《しっくい》なども船で運び込まれてきたものであろうな」

「いったいいくらかかるのでございましょう」

喜十郎が普請の費用を案じた。

「まず何千両か」

「御進物番頭どのは、ようも蓄財なされたもので」

「猟官に勤《いそ》しむ大名、大身旗本の 賂《まいない》 を貯め込んだと思える」

影二郎らは再び広間に戻った。

南蛮の両開きのビードロ窓が等間隔に嵌め込まれて、そのわずかな隙間から風が吹き込み、日除け布《カーテン》を揺らしていた。

喜十郎が布を左右に分け、窓の掛け金を外して押し開いた。窓の外に露台があった。

三人が立つほどに広い露台だ。

月明かりに竹林が戦《そよ》ぎ、その先に金杉村の見事な光景が広がっていた。

「なんということで」

「これはこれは」

三人はしばし言葉を失い、月光に照らされた金杉村の景色に目を預けていた。

「このような普請の屋敷が江戸のあちこちにあるのか」

「唐国屋が一気に身代を増やすはずにございますな」

東叡山の急崖の中腹に建てられた平田頼母の抱え屋敷の外観は茅葺きの屋敷だった。だが、竹林に巧妙に隠された地下には南蛮様式の部屋が設けられてあったのだ。

「いやはや驚き入った次第にございます」

牧野兵庫が呻くようにいった。

「この屋敷に入る手筈を整えてくれた職人に迷惑がかからぬとも知れぬ。引き揚げようか」

影二郎の言葉に三人は手分けして部屋を元通りに閉じ、侵入の痕跡がないか何度も確かめ、再び隠し階段を上がった。

離れ家の違い棚を操作して上段の間の畳を元に戻し、離れ家から飛び石伝いに母屋に向かった。

「うーむ」

影二郎の足が止まった。

「どうなされました」

「待ち受けておる者がいるようだ」

牧野と喜十郎に緊張が走った。牧野が行灯の明かりを吹き消した。

「無断で入り込んだはわれら、非はこちらにある」

「この刻限、屋敷の者が戻ったとは思えませぬ」

「まあ、ご挨拶申し上げようか」

最前までいた真っ暗な母屋に静かな殺気が漲《みなぎ》っていた。

影二郎は一文字笠の縁に差し込んだ珊瑚玉をつかみ、両刃の唐かんざしを抜いた。

「おれが入る。間をおいて来よ」

影二郎は牧野と喜十郎に命じた。

ふわり
と母屋の廊下に身を入れた影二郎は、開け放たれた障子の間に身を投げ出して前転した。

ずどーん！

銃声が平田の抱え屋敷を揺るがし、畳を転がった影二郎は銃弾が身を掠《かす》めたのを感じながら、片膝をついて閃光がした闇の一角に両刃の唐かんざしを投げ打った。

「うっ」

と押し殺した声がした。

舌打ちも響き、畳になにかが投げ捨てられた音がした。

人の気配が薄れ、殺気が消えた。

「影二郎様」

喜十郎の声がして、影二郎が、

「明かりを点けてみよ」

と命じた。

再び行灯が点され、座敷が浮かんだ。

隣座敷に血が零《こぼ》れ落ちて、両刃の唐かんざしが投げ捨てられているのが見えた。

「われらの動きは見張られておったようだな」

「唐国屋一味にございましょうな」

「まずそんなところか」

影二郎らは平田頼母の抱え屋敷からひそやかに抜け出た。

第四章　海燃える

一

小才次の漕ぐ猪牙舟に乗った夏目影二郎とおこまは大川河口から越中島《えっちゅうじま》を回り、岸辺伝いに進んだ。

菱沼喜十郎と牧野兵庫と一緒に御進物番頭平田頼母の抱え屋敷に忍び込んで二日後の夕暮れだ。

上荷屋の松倉屋梅吉こと風花鬼六一家を見張っていた小才次から一家の上荷船が江戸湊に総動員されたという報告がもたらされた。そこで、おこまと一緒に小才次の操る猪牙舟に御厩河岸之渡しから乗ったところだ。

武蔵《むさし》国忍《おし》藩十万石の松平家、紀伊国新宮《しんぐう》藩三万五千石の水野《みずの》家と中屋敷の石垣伝いに猪牙は海辺新田《うみべしんでん》の岸辺に出た。

急に造成地に出たせいで、猪牙に冷たい風が吹き付けた。

風は造成地から海辺新田の茅《かや》の原に吹き抜け、青い茅がざわざわと鳴った。さらに洲崎《すさき》が細く海伝いに延びて、その奥には木場《きば》が広大に広がっていた。

沖合いに停泊する弁才船の明かりが力を増してきた。

茅地は続いていた。平井新田の茅地は鬱蒼《うっそう》と茂り、その間に水路が複雑に口を開けていた。波が茅地に押し寄せて、水路の奥へと流れ込んでいた。そんな様子が星明かりに見えた。

「小才次、まだ先か」

影二郎が声をかけたのはそろそろ中川《なかがわ》の河口が、さらに進めば利根川《とねがわ》にたどりつこうという茅地であった。

「もうしばらくにございますよ」

小才次が答えて茅地に舟を寄せた。

影二郎の被る一文字笠に茅が触るほどに岸辺に舳先を立てて着けられ、

「ちょいとご辛抱を」

と小才次が櫓《ろ》を棹《さお》に持ち替え、

ぐいっ
と水中を突くと猪牙は茅の中に潜り込んだ。

茅地にはよく見れば細い水路がつけられていた。

茅は芒《すすき》、白茅《ちがや》などを総称して呼ばれるもので、茅という植物はない。

何十年にもわたって立ち枯れた茅の上に土が堆積し、水辺に強い柳などが生えて、茅地は弾力のある湿原に変わり、猪牙はその間の水路を搔き分けて進んだ。

おこまは影二郎の背に身を潜めて茅に顔が打たれるのを避けていた。もはやどこをどう進んでいるのか見当もつかない。

生い茂る茅の原を進むこと四半刻、人の気配が伝わってきて明かりもちらちらと見えるようになった。

さらに猪牙は進んで茅の原にぽっかりと開いた空き地に出た。茅地の間になんとか猪牙が方向を転じることができるほどの水面が覗いていた。

小才次は巧みに茅地の水路に舳先を向け直した。だが、舳先で強引に押し開いてきた水路は再び元の重畳《ちょうじょう》とした茅地に戻っていた。

猪牙が方向を転じて、茅地の一角に寄せられ、留められた。すると茅地の奥へと流木が組み合わされて木道が延びているのが見えた。

「ここから歩きます」

小才次が木道にひょいと飛び移り、中腰の姿勢で案内に立った。

おこまを中に挟み、しんがりに影二郎が進んだ。二人とも小才次を真似て中腰だ。

どこをどう進んでいるのか、小才次の案内がなければ影二郎には全く推測もつかなかった。

ふいにざわめきが大きくなって明かりも増した。

小才次が木道に這《は》い蹲《つくば》って止まった。

おこまも影二郎も止まった。

強い光が茅地を照らして動いていった。

光が通り過ぎた後、茅を透かすと黒い小舟に数人の異人が乗り、鉄砲を構えて巡察していた。舟も異人も濃い影になって通り過ぎた。

茅地で異変が生じていた。

彼らが通過した後もじいっと息を潜め、再び這い蹲った姿勢で進んだ。

前方から異郷の言葉が聞こえてきて、黒い船体の異国船から荷の積み下ろしが行われているのが窺い知れた。

小才次が再び停止し、

「これ以上近付くのは危険にございます」

と声を潜めて注意した。

影二郎とおこまは狭い木道に姿勢を変えて異国の大型帆船を見た。

この界隈は茅が一段と猛々しく高く生い茂り、柳の木も混じって、帆船を隠していた。

船長五十間(約九十一メートル)はあろうかという巨船が茅地に開けた水面に二隻停泊し、上荷船が船腹に群がって荷を積んでいた。

帆船には鉄製の腕に滑車と鉄縄の荷下ろし機が装備されて、荷下ろしはそれを使って行われていた。

長い木箱は重量があるのか、鉄の荷下ろし機も重そうに作動していた。さらに甲板には灰色に塗られた木箱がいくつも積まれているのが見えた。

影二郎には思い当たる木箱であった。

(それにしても奇怪なかたちをした船だな)

影二郎はしばし船体を確かめていたが、その理由を悟った。

三本の帆柱が畳まれていたのだ。

巨大な帆船はいくら茅地の船隠しに潜んだところで船長よりも高い帆柱は隠し果《おお》せようもない。そこで帆柱を倒して船体だけにしていた。

船腹にいくつもの同じかたちの窓が並んでいた。

帆船は大海原では帆を推進力に使い、風がない近海では櫂《かい》を揃えて進むこともできるようだ。

「影二郎様、夜陰に乗じて帆船はしばしばこの船隠しに立ち寄るようで、茅地の水路を進むのも退《ひ》くのも上手なものでございます」

「船底が閊《つか》えぬか」

「満ち潮の折りに船隠しに出入りしますので」

「荷下ろし作業は何日も続いておるか」

「夜の間の作業のために、すべてを下ろすのにはもう数日はかかると思えます」

小才次は喫水線が最初に見た日からさほど変わってないといった。それだけの荷が船倉に積まれていることを意味した。

影二郎は異国船の甲板に見知った顔を発見した。

唐国屋の大番頭の静蔵だ。静蔵は異人と身ぶり手ぶりで話し合っていた。

「驚き入った次第かな。これが唐国屋義兵衛の本業か」

「まずさようかと思われます」

「上荷船に積み替えられた荷はどこへ運ぶのかな」

「湊を突っ切り、品川沖の海城でございますよ」

「からくりが少しばかり見えてきたか」

「影二郎様、千代田の御城の鼻先で無法なことをやられて、幕府《おかみ》は気がつかれておりませんので」

おこまが問うた。

「幕閣の大半は知るまい。だが、これを黙認しておられる方は必ずやおられる」

「南町奉行にございますか」

「いや、もっと大物よ」

「まさか老中水野様ということはございますまいな」

「意外と的を射ているやもしれぬ。奢侈を禁じられて天保の改革を推し進められるご当人が、このような大胆なことに手を染めるとはだれも考えぬからな」

「なぜでございますか」

「先に高島秋帆《たかしましゅうはん》どのの西洋式砲術の演習で威力を見せつけられた。いかに蘭学嫌いとは申せ、彼我《ひが》の差が歴然としていることに震撼《しんかん》なされたであろう。そこでひそかに大砲やら火薬を唐国屋の手を通して密輸し、国防に邁進《まいしん》しておられるとも考えられる」

「つまり異人は嫌いだが、異人が生み出す品はよいと申されるので」

「まあ、そんなとこか」

「あの木箱は大砲や火薬にございますな」

「高島秋帆どのが徳丸《とくまる》ヶ《が》原《はら》で演習をなされた折りの装具や道具と似ておると思わぬか」

菱沼喜十郎とおこまの親子も西洋式の砲術訓練を見物していた。

「いかにもさようでございますよ。それにしても大胆極まる所業にございます」

「おこま、これはあくまでおれの推量よ」

「いや、影二郎様の推量は当たっておりますよ」

もう何日も荷下ろし作業を確かめてきた小才次が答えた。

「この荷下ろし、夜間だけ行われると申しましたが、昼間は茅地の水路に見張りが立って船隠しに入ることは叶いませぬ」

「見張りはだれか」

「南町奉行所の手先にございますよ」

「妖怪どのもやりおるな」

異国船の上で毛並みが艶々した黒犬が気配もなく姿を見せて、影二郎らが潜む茅地に向かい、吠え立てた。

「影二郎様、引き揚げの刻限でございます。あの犬は油断がなりませんや」

「よし、撤退いたそうか」

今度は影二郎が先頭に立ち、猪牙舟を止めた場所へと木道を後戻りし始めた。

犬の吠え声はすでに消えていた。

だが、影二郎は後ろからだれかに追われているような不安に襲われた。

這い蹲ったまま暗い木道を黙々と進んだ。

猪牙が見えた。

「おこま、小才次、止まれ！」

影二郎は木道に停止し、辺りを観察した。なんといって変わりはなさそうだ。

だが、影二郎の勘は危険を告げていた。

（それがなにか）

影二郎は一文字笠から両刃の唐かんざしを抜き取り、口に咥えた。

おこまも腰の忍び刀を手にし、小才次は懐の短刀を抜いた。

再び三人は木道を進んだ。

星明かりに薄く照らし出された猪牙は無人に見えた。だが、なにかが潜んでいる感じを影二郎は捨て切れなかった。

影二郎がふわりと飛んだ。小才次とおこまが乗り移り、棹を手にした。

影二郎は舫い綱を外さんとして水面に異変を感じた。

その瞬間に水中から音もなく黒い影が伸び上がってきて、手にした刃物を煌《きら》めかせた。

影二郎は口に咥えた唐かんざしを手にとる暇もなかった。咄嗟《とっさ》に片手で刃物を持つ手首を払うと、手にしていた舫い綱を飛び上がった襲撃者の首に巻きつけて、ぎりぎりと締め上げた。

異変は猪牙のあちこちで起こっていた。小舟が大きく揺れた。

影二郎は眼下の敵に集中した。

両手で相手の首に巻いた舫い綱を引き絞り、水中に浸けた。相手が暴れたが、他を顧みる余裕もなくそのままの姿勢で水に浸けて綱を引き絞った。

相手の体から力が抜けてぐったりとした。

影二郎は舫い綱を離すと振り返った。

おこまと小才次が水中から現われた刺客と格闘していた。そして、おこまの背に新たな敵が迫っていた。

影二郎は口に咥えていた両刃の唐かんざしを投げ打った。

それがものの見事に首筋に当たり、水面に叩き落とした。

影二郎は猪牙を飛ぶように動くと、おこまが相手する敵の後頭部を蹴り上げた。

首筋に唐かんざしが突き立った刺客が猪牙の縁に両手で縋ろうとしていた。それを見た影二郎は唐かんざしの飾り珊瑚玉に手をかけ、
ぐいっ
と刺客を水中に押し込んだ。

「うぐっ」

という呻き声を上げた相手はゆっくりと顔を上に向けて水中に浮かんだ。

影二郎の手には両刃の唐かんざしだけが残った。

小才次が刺客の一人の腹を短刀で抉《えぐ》り、仕留めたのが見えた。

おこまも忍び刀で相手の首筋を掻き切っていた。

(よし)

影二郎は再び舫い綱のところに戻ると解けかけた綱をつかんだ。

小才次が棹を手にして、水面に突き立てた。

猪牙舟が茅地にぽっかりと空いた水面を離れ、茅の茂った水路に舳先を突き入れた。

犬の吠え声が響いて、異人の見回り舟が追ってきた。

影二郎は舳先に立ち、茅を手で分けて進む方向を小才次に教えた。

後方から明かりが迫ってきた。

ずどーん！

銃声が茅地に響き渡り、影二郎たちは船底に身を伏せて避けた。さらに進む。

右に曲がり、左に折れて茅の迷路を必死で突き進む。

小才次の猪牙は銃声に追われてひたすら逃げ惑うしかない。

ずどーん！

鉄砲の音がさらに追い討ちをかけてきた。

だが、追跡者たちも茅の水路に手間取っている様子で、なかなかその差は縮まらず、鉄砲の狙いも定まらなかった。

茅地が緩やかになった。

追跡劇はさらに続き、追っ手の舟が差を詰めてきた。

影二郎は前方から潮風を感じた。

「小才次、海に出るぞ！」

「へえっ！」

ふわり
と視界が開けた。

月明かりに波が白く光る江戸湊が広がっていた。

おこまが背に負ってきた道中嚢《のう》を下ろすと、

「小才次さん、ちょいと舟を止めてくださいな。一発、お返ししなければ腹の虫が治まりませんよ！」

と叫んだ。

おこまは亜米利加国の古留止社製の連発式短筒を取り出すと立膝をつき、両手に構えた。

茅を分けて突然、黒い小舟が突き出てきた。

「水嵐亭おこまを嘗《な》めるんじゃないよ！」

おこまが飛び出してきた小舟の船腹目掛け、連続して発射した。

至近距離から放たれた銃弾は水面すれすれで船腹に当たり、穴を開けると小舟を大きく揺らした。跳弾が乗っていた異人の足首に食い込んだか、悲鳴を上げて大騒ぎした。

犬が吠え立てて水中に落下した。

穴が開いた小舟にたちまち海水が浸入してきて、異人たちが慌てて立ち上がったり、海に飛び込んだりした。

「おこま、気が晴れたであろう。小才次、引き揚げじゃあ！」

影二郎の命に小才次が棹で茅地を突くと沖合いに猪牙を出し、櫓に替えた。

小才次は全身を使ってしなるように櫓を操った。猪牙はたちまち舟足を上げ、異国の大型帆船が潜む船隠しの茅地を離れた。

ふうっ
とおこまが息を吐いたのは越中島の明かりが見えるようになった頃合だ。

「江戸でなにが起こっているかも知らず眠り込んでいる人がいるよ」

深川の町並みを遠くに見たおこまが腹立たしげにいった。

「おこま、それが下々《しもじも》の人間の暮らしよ。だがな、そいつを見逃す幕閣の面々は許せぬぞ。武士だなんだと大きな顔ができるのも、国難を防ぐ立場にあるからじゃ」

「いかにもさようでございます」

「品川沖の海城に西洋式の大砲やら火薬を持ち込んで、かってに築城しておるのも知らず惰眠《だみん》を貪《むさぼ》る幕閣の輩は許せぬ」

「どうしたもので」

「ここはちと考えどころじゃぞ」

影二郎とおこまは暗い海を透かして品川沖を見た。

「よし、夜明けにはまだ刻限があろう。松倉屋の上荷船が品川の海城になにを運んでくるか見物に参るか」

小才次が舳先を佃島《つくだじま》沖から品川へと向け直した。

猪牙が大きく揺れた。

おこまが思わず身を竦めた。

影二郎に出会った頃、おこまは船が苦手だった。

だが、探索御用に船が苦手、嫌いでは務まらない。激流を経験し、荒天の海を乗り切って、今や江戸前の海などわが家の庭先のように安心していられるおこまへと変身していた。だが、体の中に船嫌いの性癖を僅《わず》かに残していると思えた。

それが一瞬身を竦ませたのだ。

影二郎は黙然と考えていた。

海城が御殿山の下に見えてきた。

海上から海城を望遠しながら、

（だれがなんのために、このような城を築いているのか）

と影二郎は考えていた。

「影二郎様、猪牙を歩行《かち》新宿の浜に上げますかえ」

と小才次が尋ねた。

過日、忍び込んだばかりだ。海からの接近は警戒されていると小才次は考えたのだ。

「よかろう」

浜に猪牙の舳先を乗り上げ、影二郎は浜に飛び降りた。

二

その夜、影二郎らは松倉屋の上荷船の船隊が異国船の荷を積んで、海城に入るのを弁財天仙伏院の境内《けいだい》から見張って時を過ごした。

一夜に何往復かして海城の船着場に荷下ろしを終えた上荷船は、夜明け前に船団を組んで海城を出て、松倉屋に戻っていく様子だった。

影二郎らも猪牙舟に乗り込み、大川へと向かった。

「どうなさいますな」

おこまが訊いた。

「ちと工夫もいれば仕度もいる」

という影二郎の言葉を聞いた小才次が、

「どちらに猪牙を着けますかえ」

「弾左衛門様の屋敷を訪ねたい」

「室町ですかえ、浅草ですかえ」

「浅草と見た」

「へえっ」

と小才次がかしこまった。

治承《じしょう》四年庚子《かのえね》（一一八〇）九月に頼朝《よりとも》公が弾左衛門頼兼《よりかね》に与えた御朱印状によれば、その支配下の二十九職は、

「長吏《ちょうり》、座頭《ざとう》、舞々《まいまい》、猿楽《さるがく》、陰陽師《おんみょうじ》、壁塗《かべぬり》、土鍋師《どなべし》、鋳物師《いもの》、辻目暗《つじめくら》、非人《ひにん》、猿引《さるひき》、鉦《かね》たたき、弦差《つるさし》、石切《いしきり》、土器師《かわらけ》、放下師《ほうか》、笠縫《かさぬい》、渡守《わたしもり》、山守《やまもり》、青屋《あおや》、坪《つぼ》

立《だて》、筆結《ふでゆい》、墨師《すみ》、関守《せきもり》、鐘打《かねうち》、獅子舞《ししまい》、箕作《みつくり》、傀儡師《くぐつ》、傾城屋《けいせい》」であり、複雑多岐にわたった。

二十九職に関わりの者は一万人余と称され、弾左衛門の影響と力は大大名に匹敵した。平時の御世、実戦に動員できる数が一万を超えるのは加賀《かが》か薩摩《さつま》くらいであろう。

だが、闇の世界は不動だ。

時代につれて、弾左衛門の支配構造は幕府のそれと瓜二つを示し、確固としたものになっていく。この闇の世界の一大勢力を支える弾左衛門が独占するのが革と灯心の製造と販売だ。

革は武具、馬具、陣太鼓など広範囲に用途があり、幕府は弾左衛門に独占権を与える代わりに、城中御用の革製品を無料で献納させた。

灯心は城中より裏長屋まで広く使われるものだ、それだけに売り上げも巨額に達した。

支配下の一万余の勢力と収益によって弾左衛門を頂点とした闇の勢力は厳然と保たれていた。

その拠点は幕府から拝領した室町屋敷のほかに浅草新町《しんちょう》に一万四千四十二坪

の浅草屋敷を構え、その敷地内では太鼓、雪駄《せった》など革類を売り捌《さば》く店や灯心を扱う店が数百軒にも及んで軒を連ね、新町は独立した
「町」

を形成していた。

この浅草屋敷にも表門の長屋門の他に弾左衛門の居宅を示す中爵門《ちゆうじやくもん》が設けられていた。

徳川幕府下では中爵門を設けることは大名といえども許されず、徳川御家門と二、三の国持大名のみが設ける特権を得ていた。

影二郎は猪牙を山谷堀の今戸橋に着けさせ、おこまと小才次とはその場で別れようとした。どれほど時を要するか推測できないと思ったからだ。

「影二郎様、ご迷惑なれば帰りますが、私どもの力がお要りなら半日でも一日でもお待ちします」

おこまが言った。

おこまも小才次も事が緊急を要していることを承知していたからだ。

影二郎はしばし考えた後、

「ならば二人して〈あらし山〉で体を休めておれ。あそこなればすぐにも連絡《つなぎ》が

つくによってな。よいか、二人して朝餉を食したら、体を休めておるのだ。それが後々の役に立つことになる」

「承知しました」

影二郎は無精髭が伸びた顎をひと撫ですると新町の弾左衛門屋敷に向かった。

長屋門には弾左衛門支配下の門番が見張りについていた。

「弾左衛門様はこちらにおられるか」

門番に尋ねると、

「夏目影二郎様にございますな」

と問い直された。

影二郎はこれまで何度か弾左衛門屋敷を訪ねたことがあり、門番は影二郎を、

「仲間」

として心得ていた。

「いかにもさようじゃ」

「使いを立てます」

門番頭が若い衆を奥へと走らせた。

「それがし、ぶらぶらとお屋敷に向かっておる」

「承知しました」

着流しに一文字笠、法城寺佐常を落とし差しにした影二郎は長屋門から真っすぐに延びた道に歩を進めた。

その両側は弾左衛門が独占する革と灯心の製造と販売、それにそれと関わりのあるものを売る店が軒を連ね、外から商人たちが仕入れに来ていた。

影二郎は両側店の通りから左手に曲がった。すると賑わいを見せる両側店の通りとは一変して、高塀に囲まれ、その下には竹の植え込みも清々《すがすが》しい石畳が延びていた。石畳の奥に中爵門が静かな威厳を見せてあった。

今しも通用門が開かれ、弾左衛門の用人吉兵衛が姿を見せた。

影二郎は一文字笠を脱ぐと会釈を送った。

「疲れた顔を見ると、どこぞで徹夜をなされたか」

「吉兵衛どの、朝からむさい面を晒《さら》して申し訳ない。いかにも江戸湊のあちこちで夜を明かしました」

頷いた吉兵衛が、

「弾左衛門様がお待ちにございます」

と通用門から影二郎を入れた。

中爵門の中には大名家と同じく式台付きの大玄関があり、その奥には弾左衛門が支配下の者との公式行事を催す四十畳の大書院、松の間、梅の間、菊の間など表座敷があった。

影二郎がその日、吉兵衛に伴われて向かったのは手入れの行き届いた庭の一角、泉水を見下ろす離れ家だった。

弾左衛門は陽の当たる縁側で古い書物を読んでいた。

「書見中をお邪魔いたします」

「なんのなんの。そろそろ影二郎どのが姿を見せられるころと、吉兵衛と話しおうておりました」

と書物から顔を上げて微笑《ほほえ》んだ。

「吉兵衛、影二郎どのは朝餉もまだのようじゃ、膳の仕度をせえ。私も相伴《しょうばん》しようか」

というところを見ると弾左衛門も朝餉はまだのようだ。

「承知しました」

吉兵衛が離れ家の背後に姿を消した。だが、すぐに戻ってきたところを見ると、影二郎には姿を見せぬが何人かの従者が控えているようだ。

「なんぞ動きがございましたかな」

「品川の海城に荷を運んできた異国の大型帆船が二隻、中川河口の茅地の船隠しに停泊して荷下ろしを行っております。どうやら荷は西洋式の大砲、鉄砲、火薬、油の類と推測しました」

「いよいよ海城が武装されますか」

「海城が最新の火力で装備されますと、ただ今の幕府の軍備では抵抗のしようもございますまい」

「まず難攻不落の海城に変貌しますな」

と答えた弾左衛門が、

「うちの手下を何人か海城に潜り込ませ、絵図面をただ今作成させております」

「それは心強い」

「影二郎どの、唐国屋義兵衛が主の海城をどうなされますな」

弾左衛門は海城の主が唐国屋と言いきった。

「あの海城、幕府の与《あずか》り知らぬ城にございます」

弾左衛門が小さく頷いた。

「清国《しんこく》の上海《シャンハイ》という都が英吉利《イギリス》国などの脅威に晒されているのを影二郎どのは

ご存じか」

「いえ、存じませぬ」

「清国はただ今英吉利国と阿片《あへん》戦争を戦う最中にございますそうな。発端は清朝政府が阿片輸入禁止を発布したのに対して、英吉利軍が清国の主な港の開港を要求して仕掛けた戦、いわば清国内に拠点を置こうという侵略戦争にございますよ。清国と英吉利国には軍事力において格段の差がございましてな、清国は苦戦しているとの風聞が伝わってきております。この阿片戦争の推移は幕閣の方々も固唾《かたず》を呑んで見守っておいでです。この戦の経緯は長崎の阿蘭陀《オランダ》商館を通じて幕府に随時届けられます。明日はわが身、もし清国が落ちれば亜米利加国、英吉利国などの矛先はさらに強くわが国に向けられてきますからな」

弾左衛門の配下たちは城中深く汚穢《おわい》の始末などに入り込んでいた。そこから情報を集めてくるのだ。

「そのようなことが海の向こうで起こっておるのでございますか」

「阿片戦争の勝敗はすでに決した、英吉利国の一方的な勝ちという知らせもございます。そんな折り、品川沖に海城が建設されておる。幕閣のだれぞがどこぞの国とひそかに手を組んだか」

「その仲介が唐国屋義兵衛にございますか」

弾左衛門はしばし瞑想《めいそう》した。

「唐国屋義兵衛なる人物ですがな、しかと見た者がいないと影二郎どのは申されましたな」

「いかにも」

「存在しないゆえに見た者がいない、当然のことです」

「義兵衛は存在しませぬか」

「噂によれば小さき男といい、別の者は大男と申すとか。義兵衛の姿かたちは曖《あい》昧模糊《まいもこ》として実体がございませぬ。それも道理、唐国屋義兵衛はどうやら亜米利加国が作り出した幻の人物と思えます」

「亜米利加国とは、ひそやかに開国を迫る国のことにございますな」

「いかにもさよう。われらの目に触れませぬが、亜米利加国からはあの手この手で開国の打診が行われているようにございます。だが、徳川幕府はこれまでの方針を断じて緩めようとはなされませぬ。そこで亜米利加国は唐国屋義兵衛なる架空の人物を拵え、日本開国の拠点としようとした。義兵衛が異人である以上、あまり人前には姿は晒せませせぬ。だが、どうしても必要なれば面体を隠して登場させる、あるいはその時々、義兵衛に扮装する人物を変えることによって唐国屋義兵衛像を曖昧にするべく画策しているようにも見受けられる。われらは複数の人物が演ずる義兵衛に混乱させられておるのです」

「なんという手を使うものか」

「ともあれ、われらは国難に見舞われておるのに気付いておる者が少ない。悲しむべきことです」

「清国の二の舞いを演じることになりますか」

「唐国屋が海城を築くのは亜米利加国の先遣部隊を迎えるためとも考えられる」

「危急存亡の折りに幕府は奢侈禁止令などをやかましく言っておられる」

「影二郎どの、幕府頼りにならずです」

「いかにも」

「今一度お尋ね申す。影二郎どの、あの海城をどうなされますな」

「幕府の総意もなく建設されつつある海城です、脅威になる前に崩壊させるのがよかろうかと思います」

「あの海城には亜米利加国の最新の科学力、軍事力が投入されようとしておるのです。もったいないとは思われませぬか」

「弾左衛門様は亜米利加国の武力を奪い取り、利用せよと申されますか」

「清国の二の舞いにならぬためには、かの国の武力を得て、この国を守る力を増強するのも手かと考えます」

影二郎は沈思した。

長い沈黙の後、ゆっくりと口を開いた。

「わが国にとって最新の武力が手に入るのは大いなる助けになりましょう。だが、それで清国の二の舞いを演じることは免れるというのはどうでございましょう。幕閣もわれらも井の中の蛙《かわず》、惰眠《だみん》を貪《むさぼ》って参りました。四海の外に国があり、大きく激しく動いていることをわれら自身が心から悟らねば武力を持ったとしても、なんの役にたちましょうか」

影二郎は国力を高める前に知識思想を得て、国体を確立しなければならないと主張していた。

「それも一つの考えかな」

「われらはわれら自らの想念にて決断し、この足で歩むべき方向を決せねばなりますまい。そのためには時がいる」

弾左衛門が小さく頷いた。

「海城を海に戻しますか」

「差しあたって完成を見る前に元の浜に戻すのがよかろうかと思います」

「亜米利加国の帆船が荷下ろしを終えるには、どれほどの日数がかかりますな」

「あと二日か三日と思われます」

「この限られた時間に巨大な城を藻屑《もくず》とできるか」

弾左衛門が呟いた。

「幕府と三百諸侯に警鐘を鳴らすためにも実行せねばなりますまい」

弾左衛門が首肯し、

「手勢《てぜい》は集めてございます。影二郎どのに二百人からなる手勢を預けようと思う」

と言った。

「それがしに指揮を執《と》れと申されますか」

「弾左衛門は幕府あってこそ生きることを許された闇の世界の頭領にございます。表に立つことは許されませぬ」

弾左衛門の返答はきっぱりとしていた。

「影二郎どの、そなたを陰から支えることは厭《いと》いませぬ」

「承知仕《つかまつ》りました」

影二郎は承服するしかなかった。

「ならば朝餉の後、大書院に手勢の頭分を集めさせます。限られた時を使うために話し合いをなされよ」

黙して二人の会話を聞いていた吉兵衛が手を打った。すると朝餉の膳が運ばれてきた。


浅草新町の弾左衛門屋敷に手勢二百人を実際に動かす小頭十二人が顔を揃えた。だれもが町人姿だが、一騎当千の面構えだ。

その場にはむろん弾左衛門も出た。

「そなたらの命、夏目影二郎どのに預けた。影二郎どのの命《めい》は弾左衛門の命と思え」

「承知仕りました」

十二人が口を揃えた。

「夏目影二郎にござる。われらの役目は三つにござる。まず第一に品川沖に築城中の海城を破壊し、元の浜に戻すこと。二つ目には大川河口の茅地に停泊する亜米利加帆船二隻を追い払うこと、さらに第三は霊岸島新堀に店を構える唐国屋を追放することの三つにござる。われらに残された猶予は二日から三日、いや、余裕を考えれば、明晩には掃討《そうとう》作戦を敢行せねばなりますまい」

一同が頷いた。

「われらは血を流すために立ち上がったのではない。国を閉ざす中で現実に直面することを避けてこられた幕閣と三百諸侯、武士階級に警鐘を鳴らす役目にござる。血を見ることは最少に、また死はできるかぎり避けねばなりませぬ。難しい注文ですが、やり遂げねばならぬ。これより戦の会議に移り申す」

かしこまった一同から一人が、

「それがし、小頭を束ねる山之辺《やまのべ》権右衛門《ごんえもん》と申す。夏目様、お頭の命にて海城の絵図面を作成して参りました。細かいところは未だ調べが行き届いておりませぬが海城の石垣、総曲輪《そうぐるわ》、門、階段、船着場、火薬庫などの場所は描き込んでございます」

絵図面が影二郎の前に広げられた。

「これがあるとなしでは戦の仕方が違う、ありがたい」

「影二郎様、三つの場所を同時に襲うと考えてようございますか」

「時間に差があれば敵方もまたすぐに気付いて反撃の機を与えることになろう。火力の差は歴然、われらの勝ち目は奇襲のみだ。となると同時に、だが、微妙な時間差をおいて三か所の攻撃を考えねばなりませぬ。またわれらの勢力は限られており申す。二百人が互いに力を補い、助け合わねばなりませぬ」

影二郎はそう言うと実戦部隊の編成に言及しようとした。すると山之辺が、

「われら二百人の者は一の組より十二の組まで分けてございます。それを三か所に振り分けることから作戦の実行を始められては如何《いかが》にございますか」

「それは手間が省けることにござる。それがしの考えでは海城に半数の六組、亜米利加帆船に四組、唐国屋に二組をまず振り分け、担当といたす。一番手は唐国屋追放に動く。この企てを終えると二番手の亜米利加帆船追い払い組が事にかかるが、唐国屋組も助勢に加わる。こうして順次、海城攻撃へと移る」

頷いた山之辺の、

「一の組から六の組の者、海城攻撃組である。さよう心得よ。七の組から十の組が亜米利加帆船二隻への追い払い、さらに残りの十一の組と十二の組を唐国屋の攻撃隊といたす。それぞれの組の小頭は寄り合いて、攻撃組の中頭を選べ」

の命で残りの十一人の小頭が頷いた。

初めての作戦会議は昼過ぎまで続いた。

昼からはそれぞれの実戦部隊を招集して、全員で奇襲戦の概略を練ることになった。

影二郎は弾左衛門の手先の一人を〈あらし山〉に使いに出して、小才次とおこまに菱沼喜十郎を伴い、弾左衛門屋敷に駆けつけよと命じた。

三人が弾左衛門屋敷に姿を見せたのは八つ半（午後三時）のことだ。

影二郎は三人を山之辺ら実戦部隊の者に紹介すると、小才次を亜米利加帆船追い払いの案内役に、菱沼喜十郎を唐国屋の追放組に編入させた。

おこまは海城攻撃に加わることになった。

影二郎は三組に分けた実戦部隊それぞれに奇襲作戦の概略案を作成させた。また夕暮れには三か所に探索係を出して様子を見に行かせた。

奇襲作戦の概略案ができ上がるまで、影二郎は弾左衛門屋敷の一室で仮眠をとった。

三

この日、江戸では大騒ぎが起こっていた。

芝居町が堺町から浅草猿若町へと引っ越すにあたり、

「二丁町」

として親しまれた芝居町での名残の興行を名題《なだい》役者が打つことになった。

七代目市川團十郎は中村座で「助六」を掛けることに決まっていた。それに対抗するように三代目尾上菊五郎が市村座で成田屋得意の「助六」を競演すると発表し、読売がそのことを煽り立てたのだ。

團十郎は前もって影二郎からそのような企てがあることを聞かされていた。

「まあ、文政二年の『助六』二座競演のような騒ぎにはなりますまい」

と答えて、菊五郎側から挨拶があることを待ち望んできた。

だが、市村座名残狂言「助六」と発表されたにもかかわらず市川宗家にはなんの知らせも断りも入らなかった。

読売はどこから知ったか、この二座「助六」競演を煽り立てるように書いて立ち売りした。

「おい、聞いていきねえ持っていきねえ。読売を銭とって売ろうというんじゃねえや、ただで配ろうという話だ」

「読売がただだって、ならば一枚くんな」

「焦るねえ、熊さんよ」

「熊じゃねえや」

「寅でも八でも構わねえ。いいかえ、芝居町が馴染みの二丁町から遠く浅草猿若の地に引っ越すことはご存じだな。その名残興行が来月にも始まろうという矢先、どえらい騒ぎが持ち上がった。文政二年の再現だ。三代目菊五郎丈が七代目團十郎丈の向こうを張って『助六』を市村座で掛けるというから驚き桃の木山椒《さんしょう》の木だ。思い出してもみな、文政二年のあの熱気と大騒動をよ。今度も團十郎と菊五郎が互いに意地と見栄とで張り合おうという話だ、あの時以来の大騒ぎになること間違いなしだ」

「読売屋、三代目は七代目に仁義を切りなさったか」

「前もって成田屋の十八番を演じさせて貰いますと断ったかというのかえ。それはこの読売を読んでみねえ」

「一枚おくれよ」

「おれが先だ」

町の辻々で騒ぎが起こり、たちまち江戸じゅうに広がっていった。

中村座の太夫元も團十郎の取り巻きも烈火の如くに怒った。明らかにただでの読売配りは市村座の座元が仕掛けていた。そこで市村座にねじ込むという取り巻き連を七代目が止めた。

「役者の白黒は舞台の上だけだ。渡世人でもあるまいし、拳振り上げて市村座に乗り込めるものか」

と諫《いさ》めた。

だが、そういう團十郎の心中も穏やかではなかった。

「菊五郎も重ね重ね成田屋を踏み付けにしてくれます。よし、この借り、舞台で返してみせます」

「助六」二座競演を発端とする七代目と三代目の角突き合わせを別の読売屋が煽り立てた。

「おい、読んだか、読売をよ。芝居町名残の興行に團十郎の向こうを張って菊五郎が助六を演ずるというじゃないか」

「ふざけた話だぜ。助六は市川宗家の十八番《おはこ》だぜ。それに事欠いて大江戸の飾り海老の向こうを張って助六だと。第一、貫禄が違わあ、文政二年の二の舞いで人気をとろうなんて性根がいやらしいぜ」

「おっと、待った。舞台の上で名題役者が同じ狂言をやったからってなんの文句がある。競い合って面白いじゃねえか」

「尾も白いだと、長屋の飼犬じゃねえや。市川宗家の十八番を演ずるなら演ずるでよ、七代目、芝居町へのお別れだ。おまえさんの得意を演《や》らしてくんなとなぜ一言断らねえんだ、それが人の道だぜ」

「菊五郎には菊五郎の意地があるのよ。大江戸の飾り海老の向こうを張って菊五郎の助六を生み出そうという心意気だ。その折りに頭なんぞ下げられるか」

と湯屋や床屋でわいわいがやがやと八つぁん、熊さんが声高に論じ、長屋の井戸端では、

「わたしゃ、なにがなんでも飾り海老様の助六だよ。粋、張りがあって、風格があるよ。中村座の桟敷を借り切って小判の雨を舞台に降らせるよ」

「はいはい、おかつさん、小判の雨なんぞ一度でいいからうちの井戸端にも降らせておくれよ」

「うるさいねえ。菊五郎の助六なんぞを見るといったら、承知をしないよ」

ところも姦《かしま》しく言い合っていた。


影二郎が目を覚ましたとき、暮れ六つ（午後六時）の刻限になっていた。

広間に出ると三組がそれぞれ奇襲作戦の概略案を纏《まと》めて影二郎に判断を仰ごうと待ちうけていた。半刻余り会議が続いた。影二郎の指示を持って小頭たちが作業場に戻った。


影二郎だけが残された座敷に足音がして、おこまが南町奉行所定中役同心牧野兵庫を連れてきた。


「影二郎様、牧野様が願いの筋があってとお出でになられました」

おこまが用件を告げた。

「牧野どの、われらは心許した友同士、なんの遠慮があろうか。申されよ」

「影二郎様、それがしもこたびの戦にお加え下され」

「われら、主の鳥居どのの意に染まぬ戦いを仕掛けておるのだぞ。そなたが加われば心強いが立場が苦しくはならぬか」

「もはやそれがし、南町にて居場所がございませぬ」

牧野は顔に苦渋の色を漂わせて言い切った。

影二郎はしばし考えて、

「よかろう」

と牧野兵庫の参戦を許した。

新町の弾左衛門の船着場では無数の船が集い、改装工事に入っていた。海城、茅地の船隠し、霊岸島新堀とどこを襲うにも船の力を借りねばならなかった。だが、攻撃の的はどこも立地、規模などが異なっていた。そこで船も攻撃地に合わせての船団の組み方と工夫がいった。

影二郎は小才次が戦船の改装工事に加わっていることを確かめ、この場はおこまや小才次に任せることにした。

「牧野どの、それがしにちと付き合うてくれぬか」

影二郎は牧野兵庫を伴い、新町の弾左衛門河岸から猪牙を雇うと大川に出た。

「唐国屋の様子を今一度覗いておこうと思うてな」

牧野は定廻り同心時代に霊岸島新堀界隈も縄張りにしていたのだ。唐国屋の創業時から承知していた。

「案内《あない》いたします」

夜の大川には柳橋辺りから今戸橋に向かう猪牙が先を急ぐように櫓の音を響かせていた。むろん山谷堀に上がり、土手八丁を急いで吉原の大門を潜る遊客たちだ。

「牧野どの、そなた、南町で居場所がないと申したが、定中役の務め、心に染まぬか」

「定中役は内勤にてなんでも屋にございます。同心の中でも見習いか、隠居前の同心が務める役職にございます。いえ、それがし、それが嫌でうんぬんいうつもりは毛頭ございませぬ。過日、鳥居様内与力幡谷《はたや》籐八《とうはち》様に呼ばれ、今年の大晦日にそなたが与力の役宅に呼ばれることはあるまいと永の引導を渡されました。前もってかようなことを告ぐるは異例ながら、長年奉公してきた牧野家への慈悲とのことです」

町方同心は一代抱席《かかえせき》であり、世襲は決まりではなかった。だが、毎年、大晦日の夜に上役与力の屋敷に呼ばれ、

「長年申し付ける事」

と翌年の奉公を申し渡されるしきたりであった。

内与力幡谷は牧野兵庫に来年の奉公はないことを通告したという。

「幡谷はなんぞ、その理由を述べたか」

「それがしが問い直しますと幡谷様は、そなた、南町奉行の意向に逆らい、不埒《ふらち》な仲間との交友ありて奉公に差し支えるとの答えにございました」

「どうやら不埒な者とは夏目影二郎のようだな」

「さてそこまでは幡谷様も名指しはなされませんでした」

と牧野は苦笑いした。

「牧野家は町方同心に就きて何代に相なるな」

「七代と聞いております」

「なんの不手際もなき者を妖怪奉行の内与力如きに首切られてたまるものか。牧野どの、しばらく辛抱なされ。あのように高圧な人物、そうそう長続きはすまい」

と影二郎は答えたものの、なんの確証もあってのことではなかった。

「あと半年以上ございますれば身の振り方はそれまでに考えます」

「うーむ」

と答えるしか術《すべ》がない影二郎だったが、

「夏目様、これにて牧野兵庫、気分がさっぱりといたしました。もはやなんの遠慮もいりませぬ。町方同心の身でできることをやり遂げようと思います」

と決然と言い切った。

猪牙は永代橋《えいたいばし》を潜ろうとしていた。

日本橋川に入ると唐国屋が店を構える霊岸島新堀はすぐそこだ。

船着場に猪牙を停めさせて、船頭に待つように命じた。

船着場では唐国屋の持ち船が未だ明日の仕事の仕度をしていた。

二人は河岸に上がり、道を横切ると大番頭の静蔵が駕籠の傍らに立っていた。

どこか外から戻ってきた様子だった。奉公人たちがまるで主を迎えるように店のあちらこちらから声をかけていた。

静蔵の険しい目が挨拶に応じながら、なんぞ異常はないかというふうに周りを見回していたが、ふいに視線が訪問者に向けられて止まった。

「これはお珍しい組み合わせにございますな。牧野様、定廻り同心から定中役に出世と聞きましたがお元気ですか」

とまず牧野に言いかけた。

苦笑いした牧野が、

「静蔵、ただ今の牧野にはその皮肉がいささか応《こた》えるわ。なにが出世か、もはや首の皮一枚でかろうじてつながっておるだけ。それもいつまでもつか」

「それはお厳しゅうございますな」

静蔵の視線が影二郎に向けられた。

「本日はなんぞ用事でございますか、夏目様」

「唐国屋義兵衛に会いたくて、牧野どのに案内を願った。静蔵、そなたの主どのにご挨拶申し上げたい」

「夏目様、そなたさまの実父が大目付をお務めとはいえ、妾腹のそなたさまは裏長屋暮らしの浪人に過ぎませぬ。うちの主は多忙な身でな、そうそう簡単には面会は叶いませぬ」

「噂に聞くに義兵衛の顔を見た者はないと申すが、義兵衛はどのような人物かのう」

「わが主の風貌が知れぬと申されますか。滅多に表に出られぬお方ゆえ、そのような風聞が飛ぶのでございましょう」

「静蔵、いきなりの面会が叶わぬなれば、どこぞに場を設けてくれぬか」

「申し上げました。得体の知れぬ浪人者には面談せぬとな」

「おれはそなたも申したように妾腹の日陰者よ。だがな、かように正体は知れておるわ」

「いえ、陰でこそこそと動かれる御用が知れておりませぬ」

「言うたな。じゃが、そなたの主どののほどではないぞ。そうそう、過日、そなたを異なところで見かけたぞ」

「異なところと申されますと」

「それが夢を見たか現《うつつ》の出来事か判然とせぬがな、江戸湊に広がる茅地の船隠しになんとも大きな亜米利加帆船が二隻停泊していてな、そなたが船の上で異人と話をしておった」

「夢を見られたのでございますな」

と即座に静蔵が言い切った。そして、

「お疲れがだいぶ体の芯にお溜まりの様子です。ご静養をお勧めしましょうかな」

という静蔵の目付きが一段と険しくなった。

「あれは夢か」

「夢です。夢にしておきなされ、その方が長生きできましょう」

「静蔵、あの大きな亜米利加帆船じゃがな、あれが唐国屋義兵衛の正体と申す者もおる」

「船がわが主にございますか。戯《たわ》けたことを申される御仁がこの世の中にはおられるもので」

と油断のない目につくり笑いを漂わせて余裕を見せた静蔵が、
ふうっ
と真顔に返った。

「夏目影二郎様、そのような戯言《ざれごと》を繰り返されておりますとお父上のお命にかかわるやもしれませぬぞ」

「その脅し文句、どなたかが町奉行に就任されて幾度も聞かされた台詞《せりふ》よのう。父は父、妾腹の子は子でな、血は繋がっておっても縁は薄い」

「聞いておきましょうか。それで御用はお済みか」

「静蔵、唐国屋が数年前に江戸に拠点を設けて大商いをするまでになった手腕にな、それがし、感服しておる。直に義兵衛から大商人の思い描くこれからの商いの心得なんぞを聞きたかったがいたし方ない。伝えてくれぬか」

「言付けを残されますか」

「それがし、南蛮外衣をそなたの主に預けておってな、近々取り戻しに参ると伝えよ」

もはや静蔵の双眸《そうぼう》から感情が消えていた。鈍い光だけが影二郎を見据え、

「近々とはいつのことにございますか」

「長屋暮らしの浪人に予定などないわ、思いついたときが吉日でな、動く」

「お伝えします」

「また会おう」

と待たせた猪牙に踵《きびす》を返して戻りかけた影二郎が、
くるり
と振り向き、静蔵の憎悪を湛《たた》えた視線を受け止めた。

「これも噂だ。中村座、市村座が二丁町を追われて浅草猿若町に引越しいたす。唐国屋が芝居小屋の普請を請け負うたと聞いたが、まことか」

「夏目様、あちらこちらの他人様の塵《ちり》箱を漁《あさ》るような真似は止めになされ、脅しは効かぬと申されたが、そうそう挑発されますとな、眠っていた子も目を覚まします」

「そなたの表稼業ではないか。普請を請け負うたなればそれは祝着、祝いの一つも申し述べようとしただけだ」

「夏目様、猿若町の新築の前に五月は二座で『助六』の競演、まずはそちらをご見物なされ」

「三代目菊五郎にはそなたの主どのが肩入れしておるそうな」

「いかにもさようにございます」

「文政二年は七代目の貫禄と家柄に負けたようだが、来月の競演が楽しみだな」

「こたびはどんでん返しがあるやもしれませぬな」

「いかにも楽しみじゃな」

影二郎は二人の問答を聞き続けた牧野兵庫を目顔《めがお》で誘《いざな》うと、待たせた猪牙に戻っていった。

その背をいつまでも静蔵の憎しみに満ちた両眼が追いかけて身じろぎもしなかった。

店の中では静蔵の命を待つ者たちが待機していたが、静蔵からついに行動を告げる言葉はなかった。

「影二郎様、えらく静蔵を焚きつけましたな」

「あやつら、所帯が大きいことに安心して、なかなか正体の全貌を見せぬによってな、ちと揺さぶり、擽《くすぐ》った。こちらは無勢、そう何度も合戦はできぬわ、やるなれば明晩一気に決着をつけたいでな」

「正体を見せぬ敵は亜米利加国にございますか」

「おれはそう見た」

「蘭学嫌いのわが奉行は、ようも洋夷《ようい》と手を組みましたな」

「鳥居耀蔵はなかなかの器よ。わが国の開明派は高島秋帆どのを始め、すべて長崎に商館を構える阿蘭陀の手を借りて学識をつけ、武器の調達に走っておられる。その一派を潰すには別の大国と手を組むことが手っ取り早いと考えられたか。なんにしても妖怪奉行どのは腹黒いだけではない、懐が深いわ」

影二郎と牧野は、唐国屋の尾行を気にして舟足を速めさせたり、ゆったりと櫓を漕がせたりと、尾行舟がないことを確かめながら戻った。

新町の弾左衛門河岸に戻ったとき、すでに四つ（午後十時）を回っていた。

船着場には明晩の襲撃に合わせてそれぞれ工夫を凝らされた船が並んで舫われていた。

船着場には菱沼喜十郎とおこまの親子がいた。

「ご苦労にございました」

「どちらに参られました」

と親子が口々に言葉をかけてきた。

「唐国屋を訪れてな、主に面談を求めたがあっさりと断られたわ」

「なんとさようなことを」

「わが方ばかりが戦仕度をなして相手の不意を突いても面白くもあるまい。おこまの芸を際立たせるためには相手にもな、それなりの心積もりでいてくれぬとな」

「さて、唐国屋一派は影二郎様の挑発に乗りますかな」

「大軍を率いる者、古来油断をいたして敗北するのが常よ。桶狭間《おけはざま》の今川義元《いまがわよしもと》を見てみよ、少数の織田信長《おだのぶなが》軍に奇襲されて敗れたわ」

「影二郎様、奇襲は隠密を旨として忍びの如く行動するゆえ、効果もございます。影二郎様のようにわざわざご用心召されよと話しにいかれては効果もございますまい」

「そうかのう、おこま」

「それでも相手は油断をなさると」

「おれと牧野どのが訪れた程度では唐国屋とその背後に潜みし一派、なんの痛痒《つうよう》も感じぬとみた」

おこまの問いに影二郎が答え、喜十郎が言い足した。

「明日が楽しみにございますな」

「いかにも。弾左衛門どのの配下の面々はどうしておられる」

「お屋敷にて唐国屋、茅地の船隠し、品川沖の海城の見取り図を大きく描かれて、なんども侵入口を確かめておられます」

「図上演習か、われらも加わろうか」

と影二郎が誘い、弾左衛門河岸から四人が消えた。すると河岸の弾左衛門支配下の者たちが闇のあちこちにひそかに配置に就いた。

四

弾左衛門河岸に舫われていた船がすべて大川に出たのは四つ（午後十時）の時鐘を聞いてだ。

その数、二十数隻、どれもが二挺櫓や三挺櫓で漕げる早船に改装されていた。大きさが不揃いの船には五、六人から二十人が乗り組んでいた。さらにそれとは別の小早《こはや》（小型の軍船）が船団の後方から従った。小早には目印に吹流しが上がり、浅草弾左衛門と夏目影二郎が乗り組んでいた。

小早は大将船だ。

影二郎に全軍の指揮を委《ゆだ》ね、屋敷で待つ手筈の弾左衛門に出馬を願ったのは影二郎だ。

「戦に総大将がいるといないでは全軍の士気に関わります」

影二郎の熱心な勧めにさすがの弾左衛門も折れて、

「ならば戦見物に出ましょうか」

と小早に乗り込んだ。その出で立ちといえば黒い衣装に陣羽織を着て、手には二十九職の総頭を示す軍扇を持ち、それには、

「弾」

の一文字があった。

船団は夜陰に乗じて大川を下った。

首尾《しゅび》ノ松《のまつ》付近に差しかかったとき、二隻の汚穢船も船団に加わった。

浅草溜めの車善七《くるまぜんしち》配下の者たちだ。

二隻から糞尿の臭いが漂ったがだれもなにも言わなかった。船団の一部は新大橋を潜ると右岸に寄り、岸辺と中洲の間の堀へと進んだ。

船隠しに泊まる亜米利加帆船の襲撃組と海城の攻撃組はさらに粛々《しゅくしゅく》と河口を目指した。

唐国屋の襲撃船隊には汚穢船と大将船の小早が従った。

霊岸島新堀の唐国屋の船着場に到着した船隊はまず唐国屋の持ち船の船底に大きな穴を手際よく開けていった。さらに汚穢船から糞尿を入れた桶が天秤棒で担ぎ上げられ、唐国屋の表と裏口に運ばれていった。

その桶の数、三十樽は超えていた。

唐国屋侵入組の中頭太鼓《たいこ》屋陣六《じんろく》は後見の菱沼喜十郎を従えて、侵入の合図を無言の裡に送った。

表戸の一枚と裏戸がたちまち外され、風のように忍び込んだ一団の後に糞尿の桶が担ぎこまれ、柄杓《ひしゃく》で店先から台所、廊下、座敷と振り撒かれた。

異変に気付いた唐国屋に住み込む用心棒が目を覚ましたが臭いに晒され、

「なんだ、これは」

「だれだ、糞を漏らしたのは」

「糞を漏らした程度の臭いではないぞ」

と騒ぎ立て、

「明かりじゃ、明かりを点せ」

と行灯に火が入ったが、至るところが糞尿に塗《まみ》れているのを見て、

「これは堪《たま》らぬ、一体全体どうなっておるのだ。外の風に当たろうか」

「おれは逃げるぞ、糞尿を防げとは聞いてはおらぬ」

と戦闘意欲がまず減退し、用心棒の役目を忘れて臭いから逃げ惑った。

その間に糞尿組が南蛮から密輸してきた骨董美術品の数々が入れられた蔵に侵入し、桶の汚穢を振り撒いた。

だが、そんな最中、

「おのれ、怪しき者どもかな、成敗してくれん」

と刀を抜く豪の者もいた。

その者たちには弾左衛門配下の戦闘組が集団で先端に鉄輪が嵌《は》まった棍棒や鉄《かな》棒《ぼう》で襲いかかって始末した。

太鼓屋陣六と菱沼喜十郎は奥座敷まで入り込んだが、唐国屋義兵衛どころか大番頭の静蔵の姿も見当たらぬことに気付かされた。

主も大番頭もおらぬ唐国屋は用心棒が糞尿の臭いで浮き足立って、奉公人も逃げ出した。

「後見、あまりにも手応えがございませぬな」

「ご府内のことだ、騒ぎが大きくなってもいかぬ。蔵の品々に火をかけて引き揚げようか」

「あまり早手回しに糞尿を撒き散らすのではございませんでしたな」

陣六と喜十郎が話し合い、蔵に火をかける手筈を命じた。

唐国屋制圧があっけなく終わる様子を確認した影二郎が、小早を次なる戦場へ向けよと命じ、

「へえっ」

とかしこまった小早の船頭たちが三挺櫓に替えて日本橋川から大川へ矢のように突き進んでいった。

糞尿の臭いを撒き散らす唐国屋の店の表に、

「都合により本日より閉店いたします　唐国屋義兵衛」

の通告が張り出されてあった。

浅草弾左衛門と夏目影二郎を乗せた小早が江戸湊の北側に広がる茅地に到着したとき、船団の中でも一番船体が小さな舟の群れが茅地に潜り込んでいた。だが、

茅を押し分けて入った口には見張り舟が控えて、大将船の到着を待ち受けていた。

「弾左衛門様、案内申します」

と答えた配下の者が小早に飛び移り、茅を分けた。

影二郎にとって二度目の茅潜りだ。小早を配下の者は鮮やかに導き、木道に横付けした。そこから木道を這い進む。

帆柱を倒した巨船の喫水はこの二日で大きく変化していた。荷が少なくなった分上がり、もはや船倉には残り荷が少ないことをしめしていた。

船隠しの空き地を囲む茅地を弾左衛門の配下の者たちがすでに取り巻き、攻撃の仕度を終えて巨船の荷下ろし作業を見つめていた。

松倉屋の上荷船は大半が荷を積んで待機していた。

弾左衛門と影二郎が戦場に姿を見せたことで襲撃組に緊張が走った。

「弾左衛門様、最後の荷積みを終えるところです。その後、われらの出番にございます」

中頭の芯屋寅左《しんやとらざ》が経緯を報告した。

「うーむ」

と弾左衛門が頷き、木道に床几《しょうぎ》が据えられ、弾左衛門が腰を下ろした。

無言の行は半刻続き、船団を組んだ上荷船が水路から江戸湊へと出ていった。その夜の作業を終えた巨船から明かりが消えていく。それでも黒い警備船が船隠しの周りを見張りに回り、急に森閑とした茅地に戻った。

木道を足音も立てずに小才次が走ってきて、弾左衛門と影二郎に会釈し、芯屋寅左に、

「巽《たつみ》から微風が吹きつけております。そろそろ頃合にございます」

「小才次さん、掛かろうか」

再び小才次が木道の奥へと走り消え、亜米利加帆船を囲む茅地に弾左衛門配下の者たちが油樽を手に木道のあちこちに積み上げた枯れ茅に油をたっぷりと撒いた。

作業に入って四半刻後、花火が、

しゅるしゅる

と茅地に上がり、夜空に、

どーん！

という音を響かせた。それを合図に茅地のあちこちで火の手が上がり、それは巽からの風に煽られて巨艦を囲むように巨大な輪になって燃え上がろうとした。

すぐに亜米利加帆船の夜番が気付き、鐘が鳴らされて非常事態が告げられた。右往左往する巨艦の甲板に異国の言葉で命が告げられ、錨《いかり》が上げられていく物音が響いた。さらに舷側の小窓が開けられ、長い櫂《かい》が何十本も突き出されて、江戸湊に避難しようとする気配を見せた。

いくら最新の火力を備えた大型帆船といえども、火が燃え移れば一たまりもない。

火は今や夜空に巨大な王冠を描き出し、そろそろと進み始めた巨艦のあちこちにも火が燃え移って甲板では慌ただしく消火活動が行われていた。

「二番手までうまくいきましたな」

弾左衛門が影二郎に声をかけ、

「今宵の本狂言に移りますか」

と影二郎も応じた。

木道伝いに小早に戻る影二郎らの耳に亜米利加帆船側から反撃する銃声が響いてきた。だが、巨艦がその船隠しに止まれば炎上を免れないのは分かっていた。

二隻の船は炎の輪を潜りぬけて湊に出るしか助かる途《みち》はないのだ。

弾左衛門と影二郎を乗せた小早は茅の水路を巧みに抜けて湊に出た。

三挺櫓に弾左衛門配下の屈強な若者六人が取り付き、小早は夜の海を飛ぶように品川沖に向けて突進していった。


松倉屋梅吉の上荷船の船団は二十数隻が二列縦隊になって、江戸湊を南西に、品川宿場沖の海城に向かってのろのろと進んでいた。

先ほどまでの巽《たつみ》（南東）の風が坤《ひつじさる》（南西）に変わり、船足を鈍くしていた。なにしろ積荷は大砲や火薬樽で途方もなく重いものばかりだ。

船足は遅々としていたが慣れた海路、すでに三分の二ほどのところに差しかかり、行く手に黒々と海城が平たい衝立《ついたて》のように見えていた。

梅吉こと風花鬼六は船団の先頭の上荷船に乗り、煙草をふかしていた。梅吉が煙管の吸い口を咥える度に暗い海に、
ぼうっ
と明かりが点った。

海城に入れば火は御法度《ごはっと》、煙草どころではない。だが、ここは海の上だ。異人に鉄砲の銃口を突きつけられて脅されることもない。

梅吉にとって危険な仕事だが稼ぎになるものだった。

何処《どこ》から来たとも知れぬ巨艦の荷下ろしは明日で終わる。

唐国屋の大番頭静蔵との上荷船総借り賃の約束は六百三十両であった。人足の労賃を支払っても四百両は懐に残ろう。十日余りの仕事にしては法外の稼ぎだった。

明後日からはまた細かい仕事に戻らねばならない。その前に骨休めだ。

この十数日、得意先の仕事を放り出していた。また元のように繋ぎ止めるにはそれなりの努力がいろう。頭を下げた上に最後は脅しの手だ。

梅吉はそうやってこの世界を生き抜いてきたのだ。

（そうか、もうおすぎはいないのか）

小梅村に囲っていた妾のおすぎの身を一瞬思った。深川か吉原で頃合の遊女を見付け、落籍《ひか》せるか。当分、岡場所に通うのも手か。そんな物思いに耽《ふけ》る梅吉に切迫した声が響いた。

「親分、茅地辺りで火の手が上がっているぜ」

梅吉は煙管を手に振り返った。

黒々とした江戸湊の茅地の一角から確かに火の手が上がり、夜空を焦がしていた。それが船隠しかどうか波間に揺れて判然としなかった。

「達《たつ》、異人船じゃあるまいな」

「方角としちゃあそっちだが、なにしろ茅地は広いや。見定めることができねえや」

梅吉は荷の上に上り、大きく足を開いて炎を見た。

今まで荷下ろしをしていた茅地の船隠し、と見当をつけた。となると失火か。

船は明日一日分の荷を積んでいた。それがどう松倉屋に関わってくるのか、遠くに炎を見ながら考えていた。

「お、親分！」

切迫した声がした。梅吉が乗る船の船頭儀州《ぎしゅう》の声だ。

「どうしたえ」

と遠くに上がる炎から船頭に目を移したとき、二列縦隊の上荷船の船団は灰色の船にぐるりと囲まれていた。

「なんだ、てめえらは」

答えは囲んだ船の一角から届いた。

火箭が飛来すると梅吉が立つ火薬樽に突き立った。箭を射たのは道雪派の弓の達人菱沼喜十郎だ。

喜十郎は唐国屋の襲撃に加わり、早々に企てをしのけた後、日本橋川から大川、さらには江戸湊に出て、茅地攻撃の組と一緒に海城攻撃の本隊に加わっていた。

「わああっ！」

積荷がなにか承知の儀州が悲鳴を上げた。

梅吉は咄嗟に行動していた。火薬樽に突き立って燃える箭の側に走ると火箭をへし折り、海に投げ入れた。

次の瞬間、二の箭が飛んできて、梅吉の太股《ふともも》に突き立った。これは火箭ではなかった。

「なにをしやがる」

梅吉は一家の頭分の貫禄を見せて箭を放った船に怒鳴った。

「梅吉、そなたが選ぶべき道は二つ、江戸湊の海中深く火薬樽と一緒に沈むか、今一つはそなたの上荷船をそっくりとわれらに渡して本所松倉町に戻るか、どちらかを選べ」

梅吉はどこかで聞いた声の主に目を向けた。

小早にどっかと腰を下ろす人物の傍らに一文字笠に着流し、反りの強い刀を腰に落とし差しにした浪人が立っていた。

「おめえは……」

「詮索はなしだ、梅吉」

梅吉の注意は陣羽織の主にいった。

（まさか鳥越のお頭が出馬なされたか）

梅吉は渡世人と堅気の職人の二枚看板を掲げて生きてきた人間だ。江戸の裏世界を牛耳る人物がだれか知らないわけではない。

徳川幕府を闇から支えてきたのは弾左衛門や車善七らだ。

上荷船を囲む船は二十数隻、どの船にも無言の戦士が分乗して、頭目の合図を待っていた。

頭、胴、小手には飾りもない革の防具をつけ、武器を携えている様子だ。その数、ざっと百人は超えていた。

「梅吉、駆け引きの暇はない。唐国屋の店は消えた、そなたが見るとおりよ、船隠しの亜米利加帆船は炎に包まれておる。明日の荷揚げはない。われらが動くとき、松倉屋の上荷船は江戸湊の藻屑と消える、試してみるか」

夏目影二郎と思《おぼ》しき影から言葉は飛んだ。

灰色の船上から火箭が構えられた。

梅吉は考えていた。

(なんとか切り抜ける方策はないか)

唐国屋の仕事を引き受けて一身代を築こうとしていた。それをみすみす逃せばまた元の上荷屋に立ち戻ることになる。それは一船一日何百文の稼ぎに甘んじることを意味した。

(なんとしても積荷を海城まで運びきれないか)

浅草弾左衛門支配下の連中が革と灯心の製造と販売を一手に握る商いをしていることを知らないわけではなかった。室町屋敷には大名諸家、大身旗本の用人がひそかに金子の工面に訪れることも承知していた。浅草屋敷では革製品の太鼓から馬具、鐙《あぶみ》まで、さらには灯心の独占販売で莫大な利益を上げていることも耳にしていた。

だが、所詮は幕府からのお目こぼしで限られた商いを許された闇の人間たちだ。

虚仮脅《こけおど》しに負けたとあっては、

「松倉屋梅吉」

の看板に傷がつく。

「野郎ども、海城へ一気に突っ走れ!」

そう叫んだ梅吉は火薬樽の上から飛び降りた。

停船していた二列縦隊の上荷船の船頭たちが櫓に再び力を与えた。風に抗して船団がのろのろと進み始めた。

その上荷船の船団を囲んだ灰色の船の輪が一気に縮まり、それまで船底に腰を下ろしていた戦士たちが槍、刀、弓を手に立ち上がった。

その数は梅吉が直感した人数よりも多かった。

危ない橋を渡ること再三の梅吉の手先たちも、船に長脇差や竹槍などを隠し持っていた。

弓弦《ゆづる》の音が響いた。

上荷船の荷にぶすりぶすりと箭が突き立った。

「梅吉、次は火箭だ、たっぷりと油を染み込ませたな」

「脅しだ、走れ走れ！」

梅吉が喚《わめ》き、上荷船は必死で灰色の船の一角を破って海城へ突っ走ろうと試みた。

すいっ
と夏目影二郎が乗る小早が梅吉の船へと寄ってきた。

「梅吉、ものの道理が分かる男と考えておったがな」

投げかけられた語調には、どこか落胆の気持ちが込められていた。

「くそっ！　寄るんじゃねえ、来るんじゃねえ！」

と梅吉が叫んで懐から南蛮製の連発短筒を引き抜き、包囲の輪をさらに縮める敵方を牽制しながら、

「寄ると撃つぞ」

「一発でも撃ってみよ。そなたの上荷船をそっくり江戸湊の夜空を焦がす花火船に変じさせようか」

梅吉はそれでもなんぞ逃げ道はないかと頭を巡らした。

「分かった、船はそっくり渡す」

「もはや遅い」

着流しに一文字笠が非情にも告げた。

「おれっちをどこぞの浜に下ろしてくれ。積荷はそっくりおめえ方のものだ」

「商人も渡世人も、駆け引きを読み誤ると命を捨てることになる」

小早から長身が飛んで、梅吉が乗る上荷船に移ってきた。先ほどまで梅吉が乗っていた火薬樽の上に影はすっくと立った。

人足の一人が船底に隠してあった竹槍をつかむと、

「えいっ」

とばかりに突き上げた。

影が火薬樽の上で軽やかに飛んで竹槍の穂先を躱《かわ》し、中空で腰の一剣を抜き放った。それが飛鳥のように竹槍を持った手先に襲いかかり、眉間に先反の豪剣が叩き付けられた。

「げえええっ！」

と絶叫した男は、海に落水していった。

「やりやがったな！」

梅吉が手に翳していた短筒の銃口を、上荷船の船縁に飛び降りた影に向けた。

だが、影二郎はそれを予測していたように、船縁に長身を沈み込ませると背を丸めて梅吉の内懐に一気に走り寄り、短筒の引金に指をかけた梅吉の手首に反りの強い剣の一撃を振るった。

船が揺れて、梅吉は狙いが定められないままに引金を引いた。

ずどーん！

銃声が夜の海に響き渡り、その直後、梅吉の短筒を握り締めて突き出した手首が先反佐常の電撃の一閃に斬り飛ばされた。

「ああうっ」

梅吉は斬り飛ばされ、右手首を失《な》くした腕を抱えると上体を後ろに反らした後、海中へと転落していった。

上荷船は停船した。

松倉屋の船頭手先たちはもはや抵抗する気を失くしていた。

「松倉屋のお仕着せの法被《はっぴ》を脱ぎ捨てよ」

影二郎の命で船頭や人足たちが法被を脱ぎ、それを手早く弾左衛門の配下が着て変装した。

法被を脱がされた松倉屋の船頭や人足たちは弾左衛門所有の空舟数隻が与えられ、大川河口に向かって戻るように命じられた。

無言の裡に松倉屋の一統は大川へと舳先を向けた。

上荷船に浅草弾左衛門の手先と夏目影二郎、菱沼喜十郎とおこま親子、牧野兵庫、さらには小才次がそれぞれの得物を手に乗り込んだ。

偽装された上荷船団は海城に向かい再び進み始めた。それを弾左衛門の船団が遠巻きにしていく。

夜明けまで二刻ほどあった。

弾左衛門は海城の沖合いから最後の戦を見るために二つの船団を追走するように小早の船頭に無言で命じた。

第五章　船乗り込み

一

未明の闇が一番深いという。
五角形の海城の石垣に打ち付ける波だけが、
どぶんどぶん
と音を立てていた。
海城は眠りに就いているように思えた。物音一つせず、明かりも見えなかった。
海城を攻撃する浅草弾左衛門の灰色船団と松倉屋梅吉一味から乗っ取った上荷船団は二手に分かれた。
上荷船団には弾左衛門の配下の海城攻撃組の他に影二郎、おこま、小才次の三人が分乗していた。すでに一働きした唐国屋制圧組と茅地の船隠し攻撃組は海城の裏手に回り、本隊の侵入を助ける陽動部隊の役に就いた。こちらには菱沼喜十郎と牧野兵庫が参戦していた。

海城の正面の船着場まで一丁と迫った上荷船団の先頭の船から、明かりが海城に向けて振られた。上荷船団が到着した折りに送られる合図だ。

海城からなんの反応もなかった。

上荷船団は船足を変えることなく海城へと接近していく。海に向かって突き出た巨大な城郭の前に楔形《くさびがた》の台場が点々と積み上げられていた。一つの台場は十間四方か、それが等間隔に並んでいるのだ。間隔が開けられた台場は波から海城を守る防壁だ。台場の奥に海城の石垣が隠されていた。

上荷船団はいつものように南側の五角形の海城の一角にある台場と台場の間に設けられた水路から二組に分かれて乗り入れた。両翼に設けられた水路は水深が深く、この水路からしか上荷船は進入することができなかった。

これらは弾左衛門の配下の者たちが苦心して調べ上げたものだ。

左翼の水路に差しかかった先頭の上荷船には影二郎とおこまが潜んで乗っていた。二人は積荷の火薬樽の間に身を潜めて、その上には菰《こも》が被せられていた。

水路に入った上荷船は揺れた。

さあっ
と強い光が海城から投げられた。

菰を透かした光が影二郎とおこまの顔を照らし出した。

緊張したおこまの両手は亜米利加国の古留止社製の連発式短筒を握り締めていた。今、おこまはこの連発式短筒を生み出した国を相手に戦を挑もうとしていた。

影二郎は火縄を手にしていた。

水路を抜けたか、上荷船の揺れが穏やかになった。

上荷船が鋭角に進路を変じて、石垣と石垣の間に入っていった。その先に巨大な石積みの船着場が隠されていた。

海城の注意は今やすべてこの船着場に接近する上荷船に集まっていた。

その隙を突くように弁財天仙伏院の水路から弾左衛門の遊軍が裏口に入り込み、数人の者が野猿《ましら》のように裏戸を乗り越えて戸を開いた。また別の組は五角形の海城のあちらこちらの石垣下に船を接岸させて、鉤《かぎ》の手をつけた縄を石垣の上に引っ掛け、火薬樽を負った者たちがひそかに潜入した。

遊軍に加わる菱沼喜十郎と牧野兵庫も海城へと潜り込んだ。

火薬樽を積んだ上荷船は船着場の奥で一隻ずつ荷揚げを行った。船が失火した場合を考え、火薬樽が爆発して次々に誘引せぬように左右の両翼から一隻ずつの荷揚げが厳守されていた。

先頭の上荷船を船着場の奥で大勢の唐人や異人が待ち受けていた。

船着場の上の石垣に唐国屋の静蔵の姿もあった。

影二郎とおこまが隠れる上荷船が、大勢の唐人や異人が待ち受ける船着場にゆっくりと迫っていた。

影二郎は火縄で火薬樽の一つに差し込まれた導火線に火を点けると、菰《こも》を飛ばして船着場へと飛んだ。おこまに続いて船頭たちも上荷船を放り出して、船着場に飛んでいた。

上荷船を迎える唐人や異人たちはなにが起こったか、一瞬理解がつかないでいた。

船着場は森閑として静まり返り、その視線の間を無人の上荷船が異人たちの待つ荷揚げ場へとゆっくりと進んでいく。

火薬樽の導火線がぱちぱちと燃えるのを見た一人が異国の言葉で叫んだ。それが恐怖の叫びか、警告の言葉か影二郎らには理解がつかなかった。

影二郎はおこまの手を引いて、導火線が火薬樽へと迫る上荷船から必死で遠ざかろうと走った。

弾左衛門の配下もまた影二郎らに続いて走っていた。

その行動に異人たちはなにが起ころうとするのかを理解した。

勇敢にも上荷船に飛び乗り、導火線を引き抜こうとした異人がいた。

その時、影二郎らは石垣の背後に飛び込んでいた。

爆発を待ち受けた。

だが、爆発は起こらないようだった。

導火線が引き抜かれて爆発は阻止されたか。

そのことが影二郎の脳裏をよぎったとき、最初の爆発音が轟《とどろ》き、火柱が走って天に立ち上った。

それが戦の合図になった。

影二郎たちは石垣が揺れ動くのを感じた。船着場から悲鳴と絶叫が上がった。

「よし、参るぞ！」

影二郎はおこまと弾左衛門の配下の者たちに叫んだ。その一人、闇松《やみまつ》は火薬樽を肩に担いでいた。

「へえっ！」

一行は海城の奥にある火薬庫に向かって走り出した。先頭を影二郎が走った。

二番目の爆発は海城の北側から起こった。さらに三番目、四番目の爆発が続いて、海城じゅうが阿鼻叫喚《あびきょうかん》の騒ぎに堕《お》ちていた。

だが、影二郎らは騒ぎを俯瞰《ふかん》する余裕はなかった。ただ、必死で前進した。

ふいに異国の言葉が聞こえ、銃剣を付けた鉄砲を構えた唐人が二人、影二郎の行く手に飛び出してきた。

相手が立ち竦んだ。

影二郎は歩を止めることなく腰の法城寺佐常を抜くと、先頭の胴を抜き上げた。横手に吹っ飛んだ唐人は石垣に体をぶつけ、倒れ込んだ。二番目の仲間が銃剣を突き出した。

そのとき、影二郎は先反佐常を上段に移行させて、相手の肩に袈裟《けさ》斬りを叩き込んでいた。

背後から銃声が響いた。

影二郎が振り返るとおこまが両手撃ちに連発式短筒を構えて、銃口から硝煙が漂っているのを見た。

影二郎は視線をめぐらすと前方の石垣から鉄砲を構えた異人が落下していくのが見えた。

「助かった」

影二郎らは再び走り出した。

海城の内部には縦横に道が張り巡らされ、石段や堡塁《ほうるい》に複雑に結ばれていた。

影二郎らは頭に叩き込んだ絵図面と勘を頼りに海城の中央にある火薬庫に向かって突進していった。

異国の言葉が響いて、銃弾が飛んできた。

影二郎らはその場に伏せた。動きを止めたせいで海城のあちこちで爆発が起こり、火の手が上がっている様子が夜空を焦がす炎などから判断がついた。

影二郎らの前に真っすぐな通路が延びていた。

敵の鉄砲方はその先の堡塁から撃ちかけていた。回り道を探す余裕はない。

「影二郎様、私が」

おこまが志願した。だが、見通しのいい堡塁上にいる敵方に身を晒しての銃撃戦では鉄砲に分があった。

「待て、おれが奴らを引き付ける」

影二郎は一文字笠の縁から珊瑚玉の唐かんざしを抜くと、すっくと立ち上がった。

おこまが影二郎の傍らから両手撃ちで連発式短筒を突き出した。だが、相手は一人ではなかった。三人が銃口を揃えて狙いを定めていた。

相手から勝ち誇った笑いが起こった。

影二郎とおこまは両刃の唐かんざしと短筒を構えたまま身動きがつかなくなっていた。

異人の銃手は引金の指先に力を入れようとした。

その瞬間、どこからともなく箭が飛来し、銃手の一人の首筋を射抜いた。

「ああっ！」

悲鳴を上げて射抜かれた異人が仲間に寄りかかり、その動揺をついて二本目の箭が飛んできて、二人目に突き立った。

菱沼喜十郎が海城の高台から箭を放って助勢してくれた。それに勇気付けられたおこまが古留止社製の短筒を発射して三人目を射止めた。

影二郎らは再び前進した。

石段を下り、石の通路を走って海城のほぼ中央にある地下の火薬庫に接近した。最後の長い石段を駆け下りると長方形の広場に出た。その一角に火薬庫の門があった。両開きの門の片方が開いていた。

影二郎らの石段下からは広場を横切らねばならなかった。見通しの開けた広場上の石垣に銃手が潜んでいないとも限らなかった。

影二郎は一文字笠の縁を片手で上げて見上げ、

「おれが一番手に参る、次の者は間をあけてこい」

と命じると着流しの裾をはためかせて走った。

銃声はなかった。

おこまが続いて連発式短筒の銃口を上方に向けて影二郎を追った。三番手は火薬樽を担いだ闇松だ。

闇松が広場の真ん中に差しかかったとき、銃声が響き、

「あっ」

と声を上げて、体をくねらせた。だが、闇松は必死で火薬樽を肩から落とすまいと両手で保持した。

影二郎が闇松のところへ引き返し、おこまが両手に保持した連発式短筒の銃口

を銃弾が飛んできた方向に向けると一発、二発と牽制の射撃をした。

その間に闇松の仲間が走り寄り、仲間が火薬樽を受け取ると影二郎が闇松の体を抱えて火薬庫に走り戻った。

「ふーうっ」

火薬庫の中に転がり込んで一行は息を吐いた。

「闇松、どこを撃たれた」

「夏目様、脇腹を抉られた」

影二郎は手拭いを出すと闇松の傷口に当てた。

「辛抱いたせ」

「わっしには構わず火薬庫に火をつけてくんな」

「ようう言うた」

闇松の世話をおこまに任せた影二郎は、闇松に代わって長い導火線を装着した火薬樽を抱えた仲間の三の字を従え、立ち上がった。

火薬庫にはさらに内扉があった。その扉には髑髏《どくろ》の絵が描かれてあった。

二人は閉じられた内扉に走り寄った。すると扉には鉄の錠前が下りていた。

(どうしたものか)

迷う影二郎におこまが駆け寄り、

「最後の一発にございます」

と連発式短筒の銃口を錠前の鍵穴に当てた。

引金が引かれ、さしもの大きな鉄の錠前も吹っ飛んだ。

「助かった、おこま」

影二郎は破壊された錠前を引き抜くと内扉を押し開いた。真っ暗な闇が行く手を塞いでいた。火気は厳禁の火薬庫だ。

しめった空気が影二郎らの鼻腔《びこう》に漂ってきた。影二郎は火縄を持っていたがとても火薬庫の様子を窺い知ることはできなかった。

「だれか明かりを持たぬか」

「わっしの懐に小蠟燭《ろうそく》がございます」

火薬樽を担いだ三の字がいった。

影二郎は三の字の懐から油紙に包まれた蠟燭を出して火縄の火で明かりを点した。

「なんとこれは」

三の字が呻いた。

火薬樽が整然と高く積み上げられていた。二隻の巨艦に積み込まれてきた火薬樽は何百樽あるのであろうか。

火薬樽の隣には大砲が、さらには銃が詰められた木箱が、砲弾や銃弾の箱が所狭しと堆《うずたか》く、整然と積み上げられていた。

「三の字、江戸湊を焦がす大花火、仕度に掛かろうか」

「へえっ」

三の字が火薬樽の積み上げられた一角に闇松が担いできた長い導火線を装着した火薬樽を仕掛けた。

「導火線が燃え尽きる間に海に逃れねばならぬぞ」

「余裕はございませんな」

「闇松はおれが担いでいく。よいな」

「へえっ」

影二郎は導火線に蠟燭の明かりの火を移した。

ばちばち

と弾けて導火線の火が走った。

「いくぞ」

影二郎はおこまと闇松が待つ外扉のところに戻った。

おこまは革袋から弾丸を出して古留止の輪胴に詰め直したところだった。その傍らでは闇松が荒い息を吐いていた。

「戻るぞ、余裕はない」

影二郎は法城寺佐常を腰の鞘に戻し、手に両刃の唐かんざしを握ると闇松の体を左の肩に担ぎ上げようとした。

「夏目様、置いていってくんな」

「馬鹿を吐《ぬ》かせ。忍び込んだのも一緒なら、退却も一緒だ」

影二郎は地下広場から一番近い石段の上り口へと走った。その後に連発式短筒を構えたおこまが続き、しんがりを三の字が固めた。

影二郎は一度侵入したことのある裏手へと向かおうとしていた。そこにたどりつければ船がなくとも品川宿の利田新地に逃れることができると思った。

時は切迫していた。

石段を上がりながら影二郎は海城のあちこちで未だ攻防戦が続いていることが分かった。

三の字が呼子《よびこ》を吹き鳴らした。

甲高い呼子は退却の合図だ。それを聞きつけたか、別の呼子が呼応し、さらに第三、第四の呼子が鳴り響いて、海城に潜入した浅草弾左衛門の一統の退却が始まった。

影二郎の行く手に飛び出してきたものがいた。

影二郎が足を止めると血刀を提げた牧野兵庫だった。

「牧野どの、無事か」

「火薬庫はいかがで」

「今にも爆発するぞ」

血振りをした剣を鞘に納めた牧野が、

「それがしが代わります」

と闇松の体を受け止めた。

牧野は影二郎の身を自由にしておくほうが大事と考えたのだ。

「頼もう」

肩から肩へと闇松の体が移し替えられ、怪我人が痛みに呻いた。

一行は海城の裏門へと石の通路を走り、最後の石段上へと出た。階段下には唐人らが青龍刀や矛を手に固まって、撤退する弾左衛門の一統と今しも刃を交えようとしていた。

短筒を持つ唐人もいて狙いを付けていた。

「待て！」

影二郎の大声が相手の唐人の動きを封じた。

唐人たちの注視が影二郎たちに向けられた。

「夏目様」

「三の字、だれが怪我をした」

と弾左衛門の配下の者たちが問うた。

「闇松が撃たれた。時間はない、門を突破するぞ！」

「よかろう」

勢い付いた弾左衛門の配下たちが剣や手槍を構え直した。

再び二つの組は石段の上下で睨み合い、行動を起こした。

影二郎は手にしていた両刃の唐かんざしを投げた。

おこまも連発式短筒を両手撃ちで発射した。

ずどーん！

相手も短筒を突き出すように引金を引いた。

銃声が重なった。

が、一瞬、影二郎とおこまの行動が早かった。まずおこまの放った口径の大きな銃弾が短筒を突き出した相手の胸を射抜き、その衝撃に体が後方へと吹っ飛ばされた。相手が放った銃弾はあらぬ方向に飛んで消えた。

影二郎の投げた両刃の唐かんざしは銃口を向け直そうとした唐人の頰に当たり、銃を投げ出した相手は突き立った珊瑚玉の唐かんざしを抜き捨てた。

影二郎は石段を一気に駆け下りると裏門に詰める唐人の群れに先反佐常を振りかざして突っ込んだ。

先反佐常が縦横に振るわれ、唐人の群れを二つに分けた。そこへ弾左衛門の配下たちが襲いかかり、一斉に攻め立てた。

攻める影二郎らは海城が爆発することを知っていたから必死の度合いが違った。斬り立て、攻め立て、裏門の外へと唐人たちを追い出した。

「おーい、船はこっちだぞ！」

弾左衛門配下の船から仲間へ声が飛んだ。

牧野兵庫が闇松を肩に船着場を走り、船に飛び込むと次々に弾左衛門一統が続いた。

おこまも船に逃れて、影二郎を見返った。

船はすでに船着場を離れようとしていた。

「影二郎様！」

唐人一味を斬り立てていた影二郎はおこまの声に振り向いた。

流れる視界の中に一つの影を認めた。

影二郎の南蛮外衣を身に纏った異人が石垣の上に屹立《きつりつ》していた。

(唐国屋義兵衛か)

「おこま、先に参れ！」

その言葉におこまは悲鳴で応えた。

影二郎は珊瑚玉の唐かんざしを素早く拾うと、異人の方に走った。

二

海に向かって異人や唐人が走っていた。

浅草弾左衛門一統の逃走になにか異変を感じとったか、必死で海に向かって駆けていた。なにか喚き合いながら走る者もいたが、影二郎には分からなかった。

影二郎は「唐国屋義兵衛」が立っていた石垣の上に出たが、すでにその姿はなかった。

(どこに消えたか)

影二郎がそう考えながら海城を見回したとき、天変地異を事前に察した鼠たちが住処《すみか》を捨てるように逃走する異人たちを再び見た。

ふわり

と騒乱の海城に風が吹いて、影二郎から二十間ばかり離れた、別の石垣の上に南蛮外衣を身に纏った異人が立った。

その傍らに異人姿の婀娜っぽい女が寄り添っていた。

「なんと隣長屋住まいのおけいさんは義兵衛の妾か」

「なんとでも言いやがれ」

とおけいの手に南蛮短筒が握られて影二郎に狙いを定めていた。

唐かんざしでは二十間の距離は勝負にならない。

(どうしたものか)

と影二郎が迷ったとき、おけいが引金を引き、銃声が起こった。

それも二発だ。

おけいの動作に合わせておこまが大口径の短筒を放った銃声だった。火薬量が異なる二丁の短筒の競演は、おこまの大型短筒に軍配が上がった。

「ああ」

と悲鳴を上げたおけいが石垣の上からひらひらと衣装の裾を翻しながら転落していった。

「助かった、おこま」

と影二郎が礼を言った。

「カピタン！」

逃げる異人の一人が逃走を促すように義兵衛と思しき男に注意を促した。

カピタンと呼ばれた義兵衛は振り向こうともせず、影二郎に向かって愚弄するように南蛮外衣から片手を差し出して招いた。すると黒い南蛮外衣の裏地に猩々緋がちらりと見えた。

長屋から盗まれた南蛮外衣だ。それを餌に誘っていた。

影二郎は誘いに乗り、走った。

おこまの声が響いた。

「影二郎様！　もはや爆発まで猶予はございませんぞ！」

だが、影二郎は幻の人物唐国屋義兵衛ことカピタン義兵衛を追って走った。

カピタン義兵衛は海城の奥へ奥へと影二郎を導いていた。

影二郎がその姿を見失えば、わざわざ姿を見せて手招いた。

影二郎はその道が影二郎自ら火薬樽の導火線に火を点けた火薬庫の方向と承知しながらも走った。

海城の中でも一番高い石垣に影二郎は誘い込まれ、海城の住人たちが逃走する理由を悟った。

茅地の船隠しにいた二隻の巨艦が三本の帆柱を立てて海城沖に停泊していた。

茅地の火攻めを逃れた巨大帆船は海城救援に急行してきたらしい。

影二郎の目に砲門が開かれ、今しも砲弾が発射されんとする様子が見えた。また艀《はしけ》が出されて海城の仲間を拾い乗せようとしていた。さらにその周りに弾左衛門配下の船団がいた。

影二郎は石垣から通路に飛び降りて、カピタン義兵衛の先回りをするように海に突き出した石垣へと走った。

どーん！

砲声が殷々《いんいん》と響き、影二郎が頭を下げて走る通路の上を砲弾が横切り、影二郎が今まで立っていた石垣に命中して破壊した。

海に突き出した石垣から防波の台場に向かって板が渡されて、その先には数艘の艀が海城の住人を乗せて母船に戻ろうとしていた。

一瞬の裡に海城から人の姿が消えていた。

だが、未だ爆発は起きなかった。

(導火線の火が消えたか)

そんな思いがよぎる影二郎の鼻先に、

「カピタン」

と呼ばれた唐国屋義兵衛が現われて、板橋を走り渡った。続いてどこにいたか、唐国屋の大番頭静蔵が渡った。

台場下には一艘の艀が残っていた。

カピタン義兵衛と静蔵を乗せるためだ。

静蔵が板橋に手をかけて海に落とそうとした。

影二郎は板橋の端を片足で踏み付け、

「静蔵」

と呼びかけた。

板に手をかけた中腰の静蔵が視線を向けた。

じろり

と影二郎を見ると、

「そなたさまをちと甘《あも》う見ておりましたな」

と呟いた。

「尻に帆をかけて江戸から逃げ出すか」

板から手を離し、立ち上がりながら、

「仕切り直しにございますよ。日本を取り巻く四海には亜米利加、英吉利、露西《ロシ》亜《ア》と数多くの国の軍艦が狙いを定めておりますでな、この国は今や風前の灯火《ともしび》……」

と言った静蔵が懐に手を突っ込んだ。

「もっとも騒ぎが大きければ大きいほど、うちの商いにはなる」

「唐国屋は潰した」

「あの程度の店は一夜にしてどこへでも作れます」

静蔵が懐から最新式連発短筒を突き出したのと、影二郎が手にしてきた両刃の唐かんざしを投げ打ったのが同時だった。

弾丸が発射される前に虚空を飛んだ両刃の唐かんざしは静蔵の眉間に突き立った。

「げええっ」

腰を落として静蔵が台場に尻餅をついた。

艀に飛び降りようとしていたカピタン義兵衛が後ろを振り向いた。

「逃げるというか」

影二郎は板橋を悠然と渡った。

一瞬迷いを見せたふうに義兵衛が向きを変えた。

影二郎は呻き転がる静蔵の体を飛び越えて、台場に下り立った。すでにカピタン義兵衛との間合いは四間とない。

カピタン義兵衛の手に黒光りした小型短筒があった。

影二郎に飛び道具はない。

法城寺佐常が身を守るべき最後の武器だった。

背に爆風が吹き寄せる危機を感じながらも影二郎は悠然と先反佐常を抜いた。

するとカピタン義兵衛が身に纏っていた南蛮外衣を脱ぎ捨て、短筒も足元に投げた。

六尺三寸を超えた長身で赤ら顔の異人だった。

（この男が義兵衛なのか）

カピタン義兵衛は外衣を脱ぎ捨てた腰に長剣を吊っていた。サーベルと呼ばれ、主に刺突《しとつ》で相手を仕留める長剣だった。

カピタン義兵衛に艀から声が掛けられたが、カピタン義兵衛はサーベルの柄に手をかけて抜いた。

構えが変わっていた。

片手にサーベルを保持しつつ、もう一方の手を軽く上げた。

奇声が発せられ、半身の姿勢のままに軽やかな律動とともに間合いが詰められた。

影二郎は先反佐常を正眼に構え、

ぐいっ

と伸びてくるサーベルの切っ先がしなる様を観察した。

剣術より変幻自在で間合いをとることが至難だった。

気合とともに切っ先が伸びてきた。

影二郎は後退しながら弾いた。

弾いた瞬間、相手のサーベルが虚空へと移動し、一瞬の裡に構え直された長剣が円弧を描いて虚空から落ちてきた。さらに弾いた。さらに新たな攻撃が繰り出された。

ずるずると影二郎はカピタン義兵衛の攻撃に後退していた。

おこまの叫びが聞こえた。

海からだ。

爆発を警告する声だ。

それは、カピタン義兵衛にとっても影二郎にとっても同じ条件で迫り来る危機だった。

狭い台場での戦い、影二郎は後退しつつ回り込んだ。

カピタン義兵衛は後退する影二郎の剣を甘く見たか、間合いをとり、最後の連続攻撃にかかった。形相も険しく一気に踏み込んできた。さらに激しい刺突の連続だった。

影二郎は後退しなかった。

反対に踏み込みざま、一撃目を弾いた。サーベルの切っ先付近ではなく、鍔元を弾いた。

サーベルが大きくしなった。

カピタン義兵衛の扱うサーベルが刺突から斬撃に変わろうとした。

その一瞬、間合いが生じた。

ぐいっ

と踏み込んだ先反佐常が相手の、カピタン義兵衛の胴へと回し斬りされた。影二郎は確かな手応えを得た。腰に巻いた革帯に先反佐常が当たったが、そのまま強引に撫で斬った。

「くえええっ！」

カピタン義兵衛の長身が一瞬硬直して固まり、その後、くたくたと崩れ落ちるように台場に倒れた。

影二郎の鼻腔に一段と激しく火薬の燃える臭いがした。もはや余裕はない。先反佐常を鞘に納めた。南蛮外衣を拾うと静蔵の元に行った。

眉間に唐かんざしを突き立てた静蔵が荒い息をしながら、両眼を見開いて虚空を見ていた。

「唐国屋義兵衛は一足先にあの世に旅立ったぜ」

「ふふふっ」

と力なく静蔵が笑った。

「おかしいか」

影二郎は唐かんざしの珊瑚玉に手を伸ばした。

「おまえさんが見抜いたようにあの者、唐国屋義兵衛の一人であって義兵衛そのものではない。これからも金太郎飴のようにおまえさんの行く手に何人もの唐国屋義兵衛が立ち塞がりますよ、おまえさんを地獄に引き摺りこむまでねえ」

「待っていよう」

唐かんざしをぐいっと抜いた。すると静蔵が、

「ううっ」

と唸って気を失った。

影二郎は南蛮外衣に腰から鞘ごと抜いた法城寺佐常と、唐かんざしを竹骨の間に突っ込んだ一文字笠の、二つの分身を包み込んだ。それを抱えて台場を走ると一気に海に向かって飛んだ。

水中に引き込まれた瞬間、世界が二つに割れたような爆発が起こった。

影二郎はもみくちゃになりながら水中深くに引き込まれた。

圧倒的な力に影二郎は身を任せた。

もはや海面と海底の区別もつかなかった。

海中を赤い光と白い水塊が何度も疾《はし》った。

膨大な量の水塊は影二郎をもみくちゃに翻弄し続け、息のできない影二郎は気を失いかけた。

苦しさに口を開こうとしたが耐えた。

影二郎は全身の力を抜いて運命に身を任せていた。

どれほどの時が経過したか。

ぽーん
という勢いで水面に影二郎の体が押し出された。

海面が波立ち、さらにばらばらと大小の岩石が空中に舞って海中に落下していた。

くらくらとする頭で影二郎は両腕に南蛮外衣を抱えて浮き上がっていた。

肺の息を吐くと、新鮮な空気を貪り吸った。

なんとか意識がはっきりとしてきた。

影二郎は立ち泳ぎしながら辺りを見た。

五角形の海城は跡形もなく破壊され、波間の上にわずかに土台を見せる程度に変貌を遂げていた。

火薬庫に貯蔵された莫大な量の火薬が誘発して起こした破壊だった。

品川の宿場や浜には逃げ惑う人々の黒い影が見えた。

影二郎は視界を海へと転じた。するとまず目に入ったのは二隻の巨艦が三本の帆柱に何十枚もの帆を揚げて、江戸湊から外海へと去りゆく姿だった。

波間から、

「影二郎様！」

と声が響いた。

おこまの声だ。

「おおいっ！」

影二郎は南蛮外衣の包みを抱えて叫んだ。すると何隻もの船が矢のように影二郎のところに漕ぎ寄せられてきた。

その一隻は浅草弾左衛門の座乗する小早でおこまが舳先に立ち、手を振っていた。

数隻が影二郎を囲むように集まってきて、影二郎におこまが両手を差し伸べて、まず南蛮外衣の包みをつかんだ。

「お放し下さい」

影二郎が必死で抱えてきた南蛮外衣の包みが小早に上げられると、
ざあっ
と海水が影二郎の顔にかかった。続いて影二郎の体が船中に引き揚げられ、影二郎はへたり込むように船縁に背を凭《もた》せかけた。

「ようも生きて戻られたものよ」

床几に座した弾左衛門が声をかけたが、答える力も頷く余裕もなかった。しばし荒い息を弾ませ、海面に顔を突き出すと、

「げえげえ」

と海水を吐いた。

柄杓が差し出された。

「真水にございます」

おこまの声がして柄杓の柄を片手でつかんだ影二郎は口に真水を含み、口中を洗うと海面に吐き出した。そうしておいて、ゆっくりと真水を嚥下《えんか》するように喉に落とした。

「ふうーっ」

影二郎は大きく息を吐き、吸った。

「こたびも生き返ったようだ」

「影二郎どのの体には、亡き母者から授けられた強運がついておりますよ」

弾左衛門が言った。

母か萌か、二人の女が影二郎に残してくれたか。

「江戸湊の大掃除が終わりましたな」

朝の光が走った。

弾左衛門の船団は海上に散開しつつ大川河口を目指して漕ぎ上がっていた。

影二郎は船縁から上体を起こして品川の浜を振り返った。

御殿山が目に入った。だが、その前に何十万両もの巨費を投じて建設されていた五角形の海城は石垣の土台付近を波間に見せて掻き消えていた。

「壮大な無駄にございましたな」

「われらの懐が痛む話ではない。この国を虎視《こし》眈々《たんたん》と狙うどこぞ異国の商人か、われらが知らぬ者の腹が痛んだだけですよ」

「いかにも」

「異国からの力は今後もさらに大きくなり申そう」

と弾左衛門が言い切った。

浅草弾左衛門は表に立つことはないが、徳川幕府の二百四十年を陰から支えてきた
「闇の頭領」

だ。

その人物が徳川幕府に吹き荒《すさ》ぶ外圧を口にした。

「鎖国政策はもはや風前の灯火と申されるので」

「すでに西国大名は鎖国令など守ってはおりませぬよ。幕府崩壊の時を考えて異国からせっせと武器を仕入れ、自藩防衛の仕度に余念がない大名家は一家、二家では済みますまい」

「弾左衛門様、われらはどこに向かおうとしているのですか」

おこまが二人の会話に加わった。

「さてのう。それを定めるべき城中が右往左往しておられる。大事が四海から押し寄せてきておるのに、見て見ぬふりをしてござる。戯《たわ》けたことよ」

弾左衛門の船団は佃島《つくだじま》を横目に大川へと入っていこうとしていた。

江戸はすでに目覚め、大川には多くの荷足《にたり》舟や猪牙舟や筏《いかだ》が往来し始め、弾

左衛門の船団もそれに紛れ込もうとしていた。

影二郎は今一度破壊された五角形の海城の跡を眺めた。品川の浜に寄せる波が破壊された海城を隠していた。それが平静の品川宿を想起させた。

この騒ぎから十一年後の嘉永《かえい》六年（一八五三）、ペリーの黒船艦隊が江戸湊に姿を見せ、大慌てした幕府は御殿山下砲台を築造した。

その折り、基礎になったのが五角形の海城跡だ。だが、激動する歴史の中で天保十三年の騒ぎが振り返られたことはなかった。

とまれ、天保十三年に立ち戻ろう。

「弾左衛門様、影二郎様、今ひとつ騒ぎが残っております」

おこまの目は二百余年芝居町として栄えてきた二丁町付近を見ていた。

「七代目團十郎と三代目菊五郎の『助六』競演ですか、おこまさん」

「いかにもさようでございます」

「芝居町の名残の競演、互いが角突き合わせずに賑々《にぎにぎ》しい舞台が仕上がればいいがな」

「互いに取り巻き連中もいることだし、始末に困りました」

「『助六』よりも影二郎どののお手並みを楽しもうか」

と言うと弾左衛門は、
からから
と笑った。
その笑い声が一夜の大騒動の終わりを告げた。

三

江戸の芝居町、堺町の由来は幕府開闢の慶長年間に上方《かみがた》からの廻船が多く入ってきたので大坂の土地名が使われたという。堺町もその一つだ。

最初、町は上堺町と下堺町に分かれていたが、明暦二年（一六五六）の町触れで上堺町は葺屋町に、下堺町は堺町に変えられた。

猿若座と呼ばれていた中村座は慶安《けいあん》四年（一六五一）十一月に下堺町（のちの堺町）に移って開場、続いて人形浄瑠璃、小芝居が多く移り住んで客を集め、さらにその周辺に芝居茶屋が店開きし、役者衆が住んで、

「芝居町」

と呼ばれるようになっていく。

だが、今、その芝居町は二百年余の歴史を閉じようとしていた。

夏目影二郎と玉之助が行く道幅五間の堺町の通りは盛業時の賑わいを見せていた。芝居茶屋にも両替屋にも、化粧油が名物の伽羅《きやら》油屋にも五軒並んだ巾着屋にも客が群がり、芝居町が消え行くことを惜しんでいた。

天保十二年十月七日、中村座の楽屋から火が出て、中村座ばかりか葺屋町の市村座、結城座、薩摩座も類焼した。

幕府は天保の改革を名目に、さらに出火を理由に浅草山之宿小出《こいで》信濃守の下屋敷跡を猿若町と改名して、そこを芝居町の代替地として移ることを命じていた。

芝居町最後の花が今開かれようとしていた。

天保十三年五月興行は、「助六」の中村座、市村座二座競演、文政の因縁もあって前評判は上々で、沸きに沸いていた。

七代目團十郎に意地と面子をかけて三代目菊五郎が再び挑む「助六」興行だ。それも宗家に断りなしに演ずるというので江戸の芝居通が、

「尾上菊五郎たあ、なんて礼儀知らずだ。それも重ね重ねの非礼だぜ」

「なあに芝居者はだれがなにを演じようと好き勝手だ。七代目だって尾上の十八番を演じなさろうが。そのとき、市川から挨拶があったなんて聞いたこともねえ

や」

などと言い合い、二座競演は否《いや》が応《おう》でも盛り上がった。

そして、初日を明日に迎えようとしていた。

「浪人さんよ、中村座と市村座の仮小屋を見てみな、驚くぜ」

玉之助に案内されて芝居町の入口に差し掛かった影二郎は、

「なんぞ仕掛けがあるのか」

と芝居町に生まれ育った玉之助に聞いた。

「仕掛けがあるかないか、自分の目で確かめるこったな」

玉之助はまず影二郎を市村座に導いていった。

仮小屋の前には大勢の芝居通が集まり、絵看板を見上げては、

「見ねえ、三代目の顔立ちのいいことをよ。こういうのを役者顔というんだねえ」

「惚れ惚れするねえ」

と感に堪えた言葉を掛け合っていた。だが、仮小屋は絵看板や役者の名札がかかるばかりで格別名残興行の趣向はないように思えた。

「時節も時節、仮小屋ゆえあまり派手な飾りはなさらぬか」

影二郎の呟きをにやりと笑って聞いた玉之助が、

「堺町に行こうか」

と中村座へと影二郎を案内した。

中村座のある界隈は、格別に「さかい町海道」と呼ばれ、中村座を中心に芝居茶屋や土産物屋が雲集していたが、海道に入った途端、道の両側に雪洞《ぼんぼり》が点され、花の季節でもないのに桜が飾られて華やかな雰囲気を盛り上げていた。

さらに吉原の太夫や妓楼や魚河岸の旦那衆が芝居幟を贈って中村座を満艦飾《まんかんしょく》に飾りたてていた。

まるで舞台がさかい町海道に押し出してきたような気配だ。

中村座の仮小屋の表は市村座を圧するばかりに芝居の登場人物の花川戸の助六、三浦屋の揚巻、髭の意休などの大きな絵看板が飾られて、通りを見下ろしていた。

「さすがに派手好みの成田屋さんだねえ、華やかで大きいや」

「助六の台詞が絵看板から聞こえてくるようだぜ。明日が待ち遠しいや」

「待ちねえ待ちねえ、幕開けを待つこの気持ちが芝居通の醍醐味《だいごみ》の一つよ」

「でっけえでっけえ、ありゃこりゃ、でっけえ！　とどこぞから化粧声が聞こえてきそうだぜ」

と芝居通が言い合うところに堺町の通りに漣《さざなみ》が、
さあっ
と走った。

「七代目の乗り込みだぞ！」

という声が通りの向こうから聞こえて、人込みが二つに分かれた。

影二郎と玉之助は偶然にも通りの前に立って見物することになった。

ちゃりん！

手古舞《てこまい》姿の女若衆が持つ金棒の音が響き、木場の旦那衆がいなせな法被姿で木遣《きや》りを歌いながら先導してきた。

七代目はと見れば、なんと派手な飾りの馬の鞍上に助六姿の扮装で横座りして、芝居町を睥睨《へいげい》していた。

「七代目！」

「成田屋！　できましたぞ」

と贔屓の声が人込みから飛び交い、否が応でも芝居町は熱気と興奮に盛り上がった。

「全くだ」

團十郎が声援に応えて、馬上で両眼を剝き、両手を広げて見得を切ると、鳴り物が鳴り響き、

「でっけえでっけえ、ありゃこりゃ、でっけえ！」

の声を合わせた化粧声が中村座の仮小屋の屋根から響いて落ちてきた。

もはや堺町は七代目團十郎一色に染め上げられ、

「七代目、明日っから連日一番乗りで通ってくるぜ！」

「なにを言いやがる、一番乗りはこの熊公だ！」

「熊も八も引っ込みな。岩代町《いわしろちょう》のお清《きよ》さんが真っ先だよ！」

と叫び合った。

鳴り物が止んだ。

馬上の團十郎が四方を見回し、

「高い馬の鞍からではございますが、明日よりの中村座『助六由縁江戸桜《ゆかりのえどざくら》』興行のお披露目の口上申し上げます！」

「待ってました、七代目！」

「江戸の人々に二百年近くも親しまれて参りました芝居町、堺町と葺屋町が移転をいたします。その名残の興行『助六』にございます」

「七代目、浅草山之宿なんぞに引っ越すんじゃねえ！」

群衆から声が飛んだ。

「おうおう、なにが駄目、かにが駄目のご時世だ。芝居くらい昔ながらの堺町に頑張っていてくんな」

七代目は贔屓の声援ににっこりと笑って応えた。

七代目と群衆は幕府の強引な横車で慣れ親しんだ芝居町から猿若町へと引っ越すことに怒りを感じていた。だが、それを口にすれば歌舞伎そのものの命運が絶たれることも承知していた。とはいえお上の命に素直に従い、猿若町に引っ越すことに承服しかねていた。それが派手な仕立ての乗り込みになった。

「皆々様に申し上げます。歌舞伎は元々河原から始まった芸事にございますれば、どこへ行こうと棒っ切れで地面に四間四方の線を引けば立派な舞台、見物の衆さえご来場なれば演じられます。猿若町にても歌舞伎が続くかぎり舞台を相つとめますゆえ、ご来場のほど宜しくお頼みもうしまーす！」

團十郎が声を張り上げると、
やんや
の喝采が沸き起こった。

もはや芝居町じゅうが團十郎を注視していた。

團十郎が鞍に立ち上がって、西に向かって睨んでみせた。

市川宗家で重要な睨みの儀式だ。だが、明らかに團十郎が睨みを利かせたのは御城の方角だった。

「よう、当代一！」

「千両役者！」

團十郎はそれに応えるように、

「いかさま、この五丁町へ脛《すね》踏ん込《ご》む野郎めらは、おれが名を聞いておけ！」

と「助六」の台詞を述べ立てた。

「花川戸の助六こと七代目團十郎だあ！」

見物から掛け合う声がした。それを制して、

「まず第一におこりがおちる」

「お上が怒る！」

別の見物が掛け合った。

「まだよい事がある。大門をずっとくぐると、おれの名を掌《てのひら》に三遍書いてなめろ。一生女郎にふられるということがねえ」

「そうだ、そうだ！」

影二郎は群衆の中に「江戸町奉行所 御禁令取締隊」が紛れ込んではいないか、辺りを見回したが、余りの群衆の数に、だれがどこにいるのかさえ分からなかった。だが、團十郎が芝居町から御城に向かって睨みを利かしたことを南町が見逃すはずはないと思っていた。

團十郎の台詞は聞かせ所に入っていた。

「江戸紫の鉢巻に、髪は生締《なまじ》め、はけ先の、あいだから覗いて見ろ。安房上総《あわかずさ》が浮絵のように見えるわ。相手がふえれば竜に水、金竜山の客殿から、目黒の尊像まで、ご存じの江戸八百八町に隠れのねえ、杏葉牡丹《ぎようぼたん》の紋付きも、桜に匂う仲之町、花川戸の助六とも、また揚巻の助六ともいう若い者、間近く寄ってしゃっ面《つら》を拝み奉れええ」

「よう、七代目！」

「できました、助六！」

中村座の仮小屋の屋根から紅白の餅が花吹雪《はなふぶき》と一緒に投げられ、中村座の前の通りを埋めた群衆が祝儀の餅を拾い始めた。

その間に、

すいっ
と乗り込みの一行は中村座に姿を消した。
明日からの五月興行を煽り立てた市川團十郎一行の乗り込みが通りから消えて、四半刻も團十郎の台詞回しに酔った群衆は散ろうとはしなかった。だが、半刻後にはいつもの芝居町に戻ろうとしていた。

飾り海老の駕籠が楽屋裏に着き、初日を明日に控えた團十郎が大勢の人に見送られて駕籠に乗り込んだ。いつもの提灯持ちに駕籠舁《か》き、それに小僧が一人荷物持ちに加わった一行が芝居小屋を出た。

駕籠は茶屋回りをすることなく小網町の河岸に出た。そこには船が待っていて、いつものように飾り海老の駕籠ごと乗せた。

ゆっくりと日本橋川を下り、霊岸島新堀に入ることなく崩《くずれ》橋を左折して、箱崎の堀に入った。

團十郎はもはや唐国屋義兵衛がいないことを承知か、永代橋を潜ることなく新大橋際へと出ようとしていた。

舳先には小僧と提灯持ちが座り、駕籠の前後に駕籠舁きが座っていた。

永久橋を潜り、東岸の田安《たやす》中納言家の下屋敷を過ぎると左手は大川を遮るように中洲が広がっていた。中洲のあちこちにぼんやりとした明かりが点っていた。船頭を銭の力で一時追い払った男と女が屋根船で慌しくも密会する姿だろう。西の岸は小藩の上屋敷が連なり、大川でも人寂しい一帯に船が差しかかった。

すると中洲の中から、

コンチキチコンチキチ

と鉦の音が響いてきた。

船頭がそちらを見た。すると二隻の船が中洲から浮かび上がるように出て、團十郎の船に接近してきた。

鉦を叩くのは舳先に座った猿面冠者だ。

船には七、八人の猿面冠者が分乗し、團十郎の船を挟み込むように急接近してきた。

「どなたさまにございますな」

船頭が誰何《すいか》した。

だが、答えはない。

「明日に興行を控えた七代目市川團十郎が船にございます」

團十郎の右舷《がお》に迫った船から一人男が立ち上がった。なんと髭の意休と見紛《みまご》う姿で赤ら面の猿面に髭が生え、ぞろりとした打掛を羽織っていた。

「團十郎、お上に逆ろうて生きていけると思うか」

駕籠の中はひっそりとしていた。

「怯えたか、團十郎。だがな、そなたが最前大勢の人前で見せた睨み、命取りと相成った。そなたを白洲に引き摺り出すのはいと容易《たやす》い。だが、それでは手間もかかる。初日を前に大川の流れにいっそ身を投じるのがよかろうと思う」

駕籠から、

「ふっふふふふ」

という忍び笑いが漏れてきた。

「おかしいか」

「おかしいわえ」

「笑え、一時の命よ」

「さて、どうかな」

赤ら面の猿面冠者が片手を配下の者に差し出した。すると赤柄の槍が手渡された。

赤ら面の猿面冠者は五尺に満たない小男だったが長柄の槍を悠然と扱《しご》いて、
ぴたり
と駕籠の戸に穂先を定めた。

「なにをなさいますな」

船頭が咎《とが》めた。だが、慌てている様子は見えなかった。

それには構わず猿面冠者が、

「ええいっ」

と気合を発すると同時に、穂先が飾り海老の描かれた駕籠の戸を刺し貫いた。

穂先が戸を貫き、一尺余も刺さり込んだ。だが、そこで、
ぴたり
と槍が動かなくなった。

赤ら面の猿面冠者が槍を手繰《たぐ》ろうとした。だが、微動だにしなかった。

「なに奴か」

赤ら面の猿面冠者が駕籠に向かって叫んで、さらに力を入れて手繰り寄せようとした。

その瞬間、ぴくりとも動かなかった槍の穂先に加わっていた力が抜けて、赤ら

面の猿面冠者は船に尻餅をついて転がった。

「おのれ、なに奴！」

赤ら面が飛び起きた。すると船がぐらぐらと揺れた。

その鼻先で駕籠の引き戸がするりと開かれ、一文字笠に南蛮外衣を身に纏った長身の男が姿を見せた。

「市川團十郎ではないな」

「いかにも成田屋ではない。そなたらには馴染みの夏目影二郎だ」

「おのれ！」

と切歯する赤ら面の猿面冠者の前で影二郎は手にしていた法城寺佐常を、南蛮外衣の裾を払い、着流しの腰に落とし差しにした。

「有象無象《うぞうむぞう》を相手にするには七代目は名題《なだい》過ぎる。そなたらのような闇を這いずる輩の相手はこの夏目影二郎が頃合であろう」

「吐《ぬ》かしたな」

赤ら面の猿面冠者は先ほどの失態を忘れたように赤柄の槍をしゃにむに突き出した。

影二郎の片手が南蛮外衣の片襟にかかり、引き抜いた。すると船の上に表地の黒羅紗と裏地の猩々緋の花が咲いた。

大輪の花は南蛮外衣の両端に縫い込まれた二十匁の銀玉が生み出したものだった。

艶やかにも満開の花を咲かせた南蛮外衣は、突き出された槍の穂先を包むと影二郎の手首の捻り一つで、虚空に高く跳ね上がり、彼方の水面へと落ちていった。

それを合図に二隻の船から猿面冠者が船へと飛び込んでこようとした。

影二郎の手が素早く動き、南蛮外衣が変幻した。

剣を抜きつれた猿面冠者の一団は次々に南蛮外衣の裾に縫い込まれた銀玉に打たれ、水中へと転落していった。

三隻の船は大川へと舳先を揃えながら一瞬の戦いを終えた。

すでに前方には多くの夕涼み船が往来する大川が口を開けていた。猿面冠者の一団がこれ以上仕掛けるには不向きだった。なにより影二郎の南蛮外衣の奇襲に半数の者たちが水中に転落していた。

二隻の船の船足が弱まり、飾り海老の駕籠を乗せた船だけが大川に出た。

「いつ見ても夏目様の戦いぶりは様子がいいやねえ」

提灯持ちが舳先から感嘆した。

声音は七代目團十郎のものだった。

荷物持ちの小僧、玉之助が抱えてきた荷を解くと、

「季節もよし、夕涼みの酒はいかがにございますか。七代目、浪人さん」

と呼び掛けた。

四

芝居町名残の興行、「助六由縁江戸桜《すけろくゆかりのえどざくら》」中村座、市村座二座競演の初日、まだ朝暗いうちから客が押しかけて、堺町、葺屋町の通りは身動きがつかないほどだった。

そんな最中、三代目尾上菊五郎は数人の供を従えただけで市村座仮小屋の楽屋口に駕籠で到着した。

「音羽屋！　成田屋に負けるんじゃねえぞ！」

詰め掛けた見物衆から声援の声が飛び、菊五郎は軽く会釈を返すと、すいっと小屋入りした。

市村座も飾り付けは絵看板に役者名を記した木札がかけられているくらいで普

段どおりだ。

一方、七代目市川團十郎は万灯《まんどう》を照らした船に鳴り物入りで日本橋川を赤々と照らして登場してきた。

上方で多く見られる船乗り込みだ。

日本橋川から小網町一丁目の堀留に架かる思案橋、親仁橋と潜って葺屋町の入口で船を下りた。するとそこには葺屋町から堺町へと向かう道に手古舞《てこまい》姿の娘や魚河岸の旦那衆が勢ぞろいして迎え、それが中村座仮小屋の楽屋口まで続いていた。

「七代目！」

「千両役者！」

の声が挙がり、吉原から贈られた蛇の目傘を差した團十郎が河岸に上がった。

そこには揚巻役の瀬川菊之丞《せがわきくのじょう》が助六の團十郎を迎えて、嫣然《えんぜん》と笑みを送った。

「わああっ」

という大歓声が上がり、吉原から贈られた箱提灯が先導する中、これもまた吉原から贈られた長柄の傘が助六と揚巻に差しかけられて、楽屋入りの道中が始まった。

両側町の二階や屋根から花吹雪が撒き散らされた。なんとも派手な演出の楽屋入りであった。

奢侈禁止の触れが厳しい中、それに逆らうような道中であった。江戸の人間たちはあれも駄目、これも駄目と禁じるばかりの天保の改革にうんざりしていた。そんな不満の声を團十郎が一気に吹き飛ばしての、派手な乗り込みであった。

團十郎の言動は明らかに江戸の人間の不満を代弁して幕府に抗議していた。それを庶民は承知していたからこそ、声を嗄《か》らして声援した。

助六と揚巻の一行は葺屋町の市村座仮小屋前を通り、堺町へと進もうとしていた。

市村座に悠然と会釈を送った團十郎の仕草にさらに見物の衆が沸いた。

菊五郎はその声を楽屋で聞いた。むろん歓声の意味をすぐに悟ったが、身じろぎもせずに化粧を続けた。

團十郎の一行に夏目影二郎と芝居小僧の玉之助が紛れ込んでいた。白塗りの顔に市川宗家の家紋の三升《みます》と瓢簞《ひょうたん》を意匠した浴衣姿に先反佐常の落とし差しの浪人姿、玉之助は小坊主の扮装で背に風呂敷包みを負っていた。

なんとしても團十郎の身を守るのは北町奉行遠山金四郎との約束であった。なにかが起こるとしたら、五月興行の初日前後と考えて行動していた。堀留から中村座の楽屋口まで四半刻かかった楽屋入り道中が終わり、團十郎が小屋へと姿を消すと、芝居町に一瞬弛緩《しかん》した空気が流れた。

その弛緩した間隙を衝《つ》くように南町奉行支配下の与力、同心たちが勤番侍のような地味ななりに身を窶《やつ》して小屋に入り込んだ。

鳥居甲斐守耀蔵の元には團十郎が御城に向かって、

「睨み」

を利かした一件が報告されていた。その行動は明らかに天保の改革に従い、芝居町が二丁町から浅草猿若町へと追われることへの異議が隠され、また御禁令に対しての抗議であった。

最前線で取り締まる鳥居耀蔵としては、どうしても見逃せぬ事実であった。だが、名残興行を前に、

「大江戸の飾り海老」

の市川團十郎を捕縛することは、江戸に騒乱を巻き起こすことを意味した。

江戸庶民にとって市川團十郎は一介の役者ではない。市川宗家に伝えられる荒

事の仕草の一つひとつは、悪霊や飢餓や天変地異を退散させる、

「法力」

が籠められていると信じられていた。

舞台での團十郎は芝居の醍醐味と一緒に法悦《ほうえつ》を与えてくれる存在なのだ。それを町奉行所といえども強引に捕縛すれば、江戸八百八町の住人が騒ぎを起こすだろうことは鳥居にも容易に想像がついた。

そこで鳥居は初日の前日、ひそかに飼う猿面冠者の一団を使い、大川に沈める策を命じた。だが、夏目影二郎の邪魔立てでかなわなかった。

となれば五月興行の最中、なんらかの名目をつけて團十郎を、

「お縄」

にする。

これが鳥居耀蔵の固い決意だった。そこで勤番侍に扮装させた与力、同心の探索方を中村座に潜入させたのだ。

芝居の始まりが近付いていた。

もはや中村座の枡席も桟敷も立錐《りっすい》の余地もないほどに客で埋まっていた。

影二郎は役者衆が舞台へと出入りする下手の闇にひっそりと身を潜めていた。

そこへ玉之助が、

「お侍よ、小屋の前には入りきれない客が十重二十重《とえはたえ》に囲んでいるぜ。おりゃ、こんな光景未だ見たこともねえ」

とか、

「芝居茶屋の番頭がさ、あまりの人込みに弁当を届けるのが無理だとぼやいていてやがるぜ」

とか知らせてきた。

「南町の動きはどうだ」

「小屋の中に五、六人、探索方が紛れてやがらあ」

「およその見当はついておる」

影二郎が潜む闇の一角から提灯の明かりに浮き上がった客席が覗けた。

「甚左衛門町《じんざえもんちょう》の堀留に御用船が二隻つながれてよ、御用聞きが隠れていらあ」

と答えた玉之助が、

「そうだ、忘れるところだったぜ。水芸人に化けたおこま姉さんがさ、私どもも配置についておりますとおれの耳に囁いていったぜ」

「よかろう」

「あとは幕が開くだけだが、なにか起こるかねえ」

「玉之助、起こらぬようにするのがわれらの役目だ」

「合点だ」

と玉之助が答えて、姿を消した。


「助六由縁江戸桜」の舞台が始まった。

舞台に妓楼三浦屋の惣籬《そうまがき》が設けられ、青すだれが下がり、三浦屋と染め出した大暖簾、表には辻行灯が点り、宵見世を告げる清掻《すががき》の響きが嫖客《ひょうかく》の、いや、芝居見物の客の心を擽《くすぐ》るように流れた。

「浪人さん」

と影二郎の耳元で玉之助の声がした。

「米搗きばったの千造親分が奈落に下りたぜ」

「米搗きばったとな」

「子分の他に気味の悪い侍とよ、遊び人を二人連れていらあ。奈落にはおれの父ちゃんもいるんだよ」

玉之助の父親は中村座の奈落でせりを上げ、廻り舞台を回す裏方だ。

「案内せよ」

影二郎はちらりと客席に目をやって玉之助に従った。芝居小屋で生まれ育ったようなものと自慢するだけあって、芝居小僧の玉之助は狭い暗がりをものともせずに奈落の梯子《はしご》段を下って、影二郎を案内した。

真っ暗闇から千造の声がした。

「おい、こいつは南町奉行鳥居耀蔵様直々の命なんだよ、すぐに奈落から出ていけ！」

「親分、無理だよ。芝居の最中だぜ、奈落のおれたちがいなくなったら、芝居はできないよ」

「うるせえ。四の五の吐かすとおめえらも縄でふん縛って番屋に繋ぐぜ」

「米搗きばったの親分、威勢がいいな」

影二郎が割って入った。千造と奈落の頭《かしら》の顔には小さく点された明かりが当たっていた。一見闇に思えたが奈落にも処々方々に明かりが点されていたのだ。

闇を透かして白塗りの顔を見ていた千造が、

「やっぱり出てきやがったな、夏目影二郎」

と言った。

「いかにも夏目影二郎、今日は役者姿に扮しての登場だ。芝居町名残の興行だ、邪魔立ていたすな」

「こいつは南町の御用なんだよ、叩っ斬るぜ」

「威勢がいいな」

千造が、

「先生方」

と闇に声をかけた。

「千造、南町の御用といったな、得体の知れない侍やら渡世人を引き連れてお上の御用と申すか」

「おおっ、この世には目に見えねえ御用がいくらもあるんだよ。この芝居小屋の奈落で蠢《うごめ》く蛆虫《うじむし》野郎どものようにな」

「父ちゃんたちのことを蛆虫野郎と言いやがったな!」

玉之助が闇をすうっと動くと千造の向こう脛を蹴り上げた。

「あ、痛たたっ、やりやがったな」

と千造が十手を振り回したが玉之助はその近くにはいなかった。芝居小屋の裏表を承知の玉之助の動きに敵うはずもない。

「先生方よ、こいつが夏目影二郎だ、叩き斬ってくんな。元をたどればよ、小伝馬町の牢を親父の力で出された、おめえさん方の仲間だ」

と闇に向かって叫んだ。

影二郎は奈落の底を音もなく動く気配を感じた。

「玉之助、怪我してもつまらぬ。どこぞに隠れておれ」

「あいよ」

と遠くから声がした。

影二郎は奈落に潜む二人のうち、一人に向かって歩を進めた。

小さな明かりによれよれの袴《はかま》を穿《は》いた影が見えた。顔は闇に沈んで、怒り肩だけが尖って見えた。

「そなたが南町の仮牢を出され、闇御用を務める者か」

含み嗤いが起こった。

「妖怪奉行はものの道理が通った人物じゃな。獄門台は免れまいと覚悟していたが、外に放り出してくれたぜ」

「そなた、なにをやった」

「辻斬り、押し込みと数え上げたらきりはない」

「名はなんと申す」

「妖幻無想流市田総庵《いちだそうあん》」

「市田総庵、妖怪奉行がそなたを外に出したはおれが理由か」

「夏目影二郎を始末するのがおれの放免の条件よ」

「今ひとりの仲間はだれか」

「女《すけ》こましの小籐太《ことうた》、こやつも何度獄門台に晒されても釣がこようという悪《わる》だ」

「南町奉行鳥居耀蔵様は、死罪を免れねえ野犬二匹を江戸の町に放たれたか」

「おまえを殺すためにな」

影二郎は法城寺佐常を抜くと右肩に峰をつけて構えた。

市田総庵との間合いは二間、その間に深い闇があった。

奈落に揚巻の声が伝わってきた。

「これはこれはお歴々、お揃いなされて揚巻をお待ちもうけ、ありがたいことじゃ。わたしがこの生酔いは、どこでそのように酔ったと思し召しも恥ずかしながら、仲之町の門並《かどなみ》で、あそこからもここからも呼びかけられての、お盃の数々……」

影二郎の注意が一瞬揚巻の台詞回しにいった。

その隙を衝くように左手の闇が動いて、突進してきた者がいた。

匕首の切っ先を遠くから漏れる明かりに煌《きら》めかせた女こましの小籐太だ。

影二郎は正面の市田総庵を見据えたまま、半歩後ろに身を引いた。

一瞬奈落で生死が交錯した。

だが、町奉行所の牢から釈放された小籐太の動きは俊敏を極めた。それに己の命が助かりたい必死さも加わって、電撃の突進だった。

影二郎もまた闇に突進してくる小籐太の間合いを計り、肩に担いでいた先反佐常を、
ぐいっ
と引き回した。

腰が入った一撃が女こましの小籐太の肩口から脇腹へと存分に斬り下げた。

「げえええっ」

もんどりうって小籐太が闇に転がり、血の匂いが漂った。

戦いの間に市田総庵は居場所を変えていた。

影二郎は市田がどこにいるか分からなかった。だが、市田総庵は影二郎の場所も動きもつかんでいた。

その上、影二郎は團十郎の乗り込みに加わるために顔を白塗りにし、白地の浴衣を着ていた。闇にいても目立った。

（どうしたものか）

と考え込む影二郎の足元で人の気配がした。

「お侍、闇に白塗りが浮かんでいるぜ」

玉之助が言うと背に負ってきた風呂敷包みから南蛮外衣を出すと、

「ほれ」

と渡してくれた。

「よう考えたな」

影二郎は先反佐常を片手に持ち、南蛮外衣を頭から被った。黒羅紗の南蛮外衣に影二郎の五体が闇に溶け込み、消えた。

舞台から奈落へ浄瑠璃が聞こえてきた。

思い染めたる五つ所《いどころ》、紋日《もんぴ》待つ日のよすがさえ、子供が便り待合の、辻うら茶屋に濡れて濡る、雨の箕輪《みのわ》のさえかえる……

花道に黒小袖、紫の鉢巻を締め、蛇の目傘の助六の登場だ。
影二郎は團十郎の声を聞いた。
「この鉢巻のご不審か」
影二郎の正面から殺気が押し寄せてきた。
影二郎はその場に片膝ついて沈み込み、
ぱあっ
と虚空に南蛮外衣を投げた。
同時に横へと転がった。
ばさあっ
と南蛮外衣を斬りつけた音が響いた。
片膝ついて起き上がった影二郎が片手殴りに市田総庵の腰を斬り割った。
「うっ」
と押し殺した声を漏らして、市田が立ち竦んだ。
影二郎が立ち上がり、先反佐常を正眼に置いた。
市田も南蛮外衣を斬りつけた剣を正眼に構え直して、
ゆらり

と影二郎に向き合った。

間合いは半間となく、もはやどちらも逃げ隠れする暇はない。

「市田総庵、そなたの死に場所に相応《ふさわ》しかろう。光もなき奈落が地獄への一里塚だ」

「吐《ぬ》かせ」

市田総庵と夏目影二郎は怨念を超え、剣者として勝負に出た。互いに引き付け合った剣に一命を託した。だが、腰を斬り割られた市田の動きは鈍く、影二郎の先反佐常が、
ぱあっ
と喉元を刎《は》ね斬って、闇に血飛沫を散らせたが、だれも見たものはいなかった。

どさり
と湿気《しけ》った奈落の空気を乱して市田が倒れ込んだ。

悲鳴が上がった。

舞台から助六の声がした。

「……なんときついものか。大門をぬっと面を出すと、仲之町の両側から、近付きの女郎が吸い付け煙草が、雨の降るような。ゆうべも松屋の見世へ腰をかける

おいた……」

と、五丁町の女郎の吸い付け煙草で、誓文、見世先へ煙管を蒸籠《せいろ》のように積んで

悲鳴は米搗きばったの千造だ。踵を返して逃げ出そうとした足を玉之助がかっぱらった。

転倒した千造の顔先に血に濡れた先反佐常が突き出された。

「死にたいか」

「め、滅相もねえ」

「命冥加《いのちみようが》な奴よ、こたびは助けて遣わす」

奈落の地面を這いずって逃げようとする千造に、

「言付けを頼もうか」

「いってえ、だれにだ」

「南町奉行鳥居耀蔵様直《じか》にだ」

「十手持ち風情が奉行と話せるわけもねえ」

「最前は町奉行の命と申したぞ」

「言葉の綾だ」

「夏目影二郎の言付けと申せば断るまい」

「な、なんと伝えるのだ」

「七代目市川團十郎の芸道を邪魔いたすな。また、命を取ろうなどとは考えぬことだ。南町奉行とは申せ、独断で極悪人の市田総庵と小籐太を牢から勝手に出した一件も許し難い。静かにしねえと夏目影二郎が許さぬと伝えよ」

「言えねえよ」

「ならばこの場から三途の川の渡し舟に乗れ」

千造の悲鳴が上がった。


天保十三年六月二十二日、幕府は歌舞伎界を代表する七代目團十郎に江戸十里四方所払いを命じた。

華美な私生活が天保の改革に合わずという理由だった。

翌日、上方に活路を求めて江戸を後にする團十郎を六郷《ろくごう》の渡しまで見送ったのはわずかばかりの芝居関係者だった。天下の團十郎にしては寂しい旅立ちだった。幕府の意向を気にしての自粛だった。

夏目影二郎は離れた場所に立っていた。それを認めた團十郎が歩み寄ってきた。

「夏目様、こたびは世話になりましたな。命を永らえたのもそなたの力だ」

「なんのことがあろうか、江戸に飾り海老がいなくなるのはなんとも寂しい」

「この時世が続くかぎり團十郎は江戸に戻れますまい。だが、役者は四間四方の場さえあれば芸は続けられまさあ」

團十郎が強がりをいった。

「七代目、体にはくれぐれも気をつけてな」

頷いた團十郎が渡し場に向かった。

渡し舟が岸を離れ、一世の名優は旅の人になった。

この後、市川團十郎が罪を赦されて江戸に戻ってくるには七年の歳月を必要とした。嘉永二年（一八四九）のことだ。そして、この年、三代目尾上菊五郎が上方から江戸へ戻る道中、掛川《かけがわ》宿で没した。

影二郎の傍らに着流しの町人がすうっと寄ってきた。

「影二郎さんには最後まで世話をかけた」

振り返るまでもなく北町奉行の遠山金四郎景元だ。

「七代目にも申し上げた、なんのことがあろうかとな」

「そなたに借りができたな」

影二郎はしばし沈黙の後、

「貸しをこの場で取り立ててようございますかな」

「ほう、なんですねえ」

「同心一人、北町で引き取ってはくれまいか」

「南から追い出されなすったか」

頷く影二郎に、

「お安い御用だ」

と金四郎が請け合った。

影二郎も金四郎も渡し舟に目をやった。舟は向こう岸に着こうとしていた。渡し舟の上に立ち上がった團十郎が手を振った。

そのとき、天空から響く化粧声を二人は聞いていた。

「でっけえでっけえ、ありゃこりゃ、でっけえ!」

それは團十郎の旅立ちに相応しい励ましの言葉だった。

スペインでの撮影活動を終え、帰国した佐伯は闘牛をテーマとした本を続々刊行した
写真／佐伯泰英事務所提供

佐伯泰英外伝【十】
時代と民族を厚く描く

重里《しげさと》徹也《てつや》
（毎日新聞論説委員）

一九七四年末、佐伯泰英はスペインを後にして日本に帰国した。所持金がなくなってしまったのが理由だったという。家族は一人娘を加えて三人になっていた。アスナルカサ村から、愛車のワーゲンでパリに出て、飛行機で帰った。ワーゲンはスペインで知り合った永川玲二が引き取った。

闘牛を追いかけ続けて撮影したフィルムは千本以上になっていた。帰国前に、佐伯は「スペインの師」と呼ぶ永川から、「おまえ、どうするんだ？」と尋ねられた。

佐伯は「いやあ、何もありません。あてもなく撮影を続けてきました」と答えた。永川は友人の詩人で、俳人や評論家としても知られた安東次男（一九一九～二〇〇二）に紹介状を書いてくれた。

佐伯が帰国して、東京都内の安東の自宅を訪ねると、家に上げてくれて、永川の文章を読み、あきれた顔をした。そして、「僕が知っているのは平凡社と集英社だ」と言い、その二つの社を紹介してくれた。

佐伯は「永川さんと知り合わなかったら、出版界とのつながりはつくれなかったように思います」と振り返る。

佐伯はスペインで撮影したフィルムを持って、平凡社を訪れた。平凡社の編集者は「君の名前だけでは、なかなか売れない」と言い、佐伯の写真と作家、小川国夫の文章を組み合わせることを提案した。こうして、『角よ故国へ沈め』（一九七八年）という本ができた経緯はすでに第七巻で述べた。

佐伯はこの前に、平凡社カラー新書『闘牛』（一九七六年）を出している。闘牛の起源に始まり、闘牛士の技の数々を詳細に紹介した後、闘牛の歴史をわかりやすく解説している。もちろん、カラー写真が多数収録されており、なじみやすい闘牛入門書になっている。

安東の紹介が効いて、平凡社は雑誌『太陽』、集英社は女性誌『non-no（ノンノ）』から仕事の依頼があった。カメラマンとしてヨーロッパへ行ったり、ペンション特集の写真を撮影することもあった。

「自分の後輩の若い学生だった連中がプロになっているのですね。それで彼らにストロボの効果的な使い方とか、室内での静物の撮り方とか、随分と聞きました。まあ、少しずつ覚えていったのですが、危ない橋も渡ったものです」

と話す。

写真はもちろん、文章も書けて、旅のコーディネートもできる佐伯は、出版社にとっても仕事を依頼しやすい相手だったのだろう。編集者たちは重宝していたのだと思う。

ノンフィクション作家としての佐伯の名前を世間に知らしめたのは、一九八一年に第一回ＰＬＡＹＢＯＹドキュメント・ファイル大賞を受賞したことだ。受賞作は『闘牛士エル・コルドベス　１９６９年の叛乱』。受賞作は『月刊ＰＬＡＹＢＯＹ』一九八一年七月号に掲載され、単行本が集英社から刊行された。後に徳間文庫に収録されている。

いわば、公募の新人賞だが、佐伯が応募したきっかけが面白い。当時、『月刊PLAYBOY』編集長だった池孝晃と二人でスペインへ旅をした。池がまもなく編集長を辞めることになり、スペインを案内してほしいと誘われたからだ。その帰りの飛行機で「今度、賞を創設するから、何か書きなさいよ」と勧められたというのだ。佐伯は「僕が経済的に苦しいのがわかっていたのでしょう」と池の思いを推測する。

佐伯は平凡社カラー新書『闘牛』でも触れていた一人の闘牛士に焦点を絞ることにした。エル・コルドベス。一九六〇年代に極貧の環境から身を起こし、大スターとして君臨し、人気の絶頂をきわめた。しかし、興行師たちからの自主独立を企て、ゲリラ的な活動を始めた。やがて、闘牛界を牛耳るドンたちの堅固な壁にぶつかり、挫折する。この佐伯のノンフィクションは、エル・コルドベスが八年ぶりにカムバックしたのをきっかけに、彼が活躍した時代とは何だったのか、その叛乱の意味はどういうものだったのかを問いかけている。

エル・コルドベスが活躍した時代は、戦後のスペイン闘牛界において、最大の黄金時代だった。同時にスペインではフランコ体制の強権弾圧が

続いていた。そんな圧政の中で、人々は現実社会から目をそむけるように闘牛に熱狂したというのだ。

振り返れば、佐伯はエル・コルドベスが引退した後、闘牛の取材を始めたことになる。佐伯は受賞の言葉をこんなふうにつづっている。いくつか抜き書きしておこう。「マノロ」とはエル・コルドベスの愛称だ。

〈すべては「マノロが、闘牛場に還ったよ」という友人の葉書から始まった〉

〈闘牛士とは、数ミリの距離を読み、何百分の一かの時を測る職業である。読み違い、測り違いは即破綻につながる〉

〈60年代、この闘牛士はスペインの独裁体制の中で「自由の旗」を掲げたことがあった。それは全く闘牛士らしい戦いの始まりと結末であった。そして、わずか1年の戦いに疲れ切って引退していった〉

〈私はこの闘牛士マヌエル・ベニテス・エル・コルドベスのいなくなった年から、スペインの闘牛場に熱気の残滓を求めて取材を始めた。それは落穂拾いにも似たはかのいかない巡礼行であった〉

〈その伝説の人物が『死』の危機もかえりみず敢然とカムバックするという。私は、伝説の闘牛を見てみようと決意した。それは私の落穂拾いの旅のエピローグでもあった〉

このノンフィクションは佐伯自身の青春の総決算でもあったことがわかる。

この作品の特長を挙げておこう。まず、筆頭に挙げるべきは、佐伯の筆が広い視野から対象になったコルドベスをとらえようとしていることだ。スペイン社会のあり方や政治情勢はもちろんだが、闘牛士の収入や闘牛界の仕組みも詳しくつづっている。さらにはスペインの歴史にも触れている。

そして、何よりも重点が置かれているのは、時代を描くということだ。エル・コルドベスはビートルズと比べられ、彼に対する熱狂の正体にも迫っている。その中で、結果として時代のあり様が浮き彫りにされていく。極論すれば、佐伯は闘牛士そのものというよりは、彼を包み込む時代を描きたかったのではないかという気がしてくるほどだ。

コルドベスを「光のスペイン」とすれば、「闇のスペイン」として、被差別少数民族出身の盗賊であるエル・ルーテを登場させて対比しているのも、こんな問題意識の表れだろう。

闘牛士自身に対するインタビューがふんだんに盛り込まれている。全体として、佐伯のスペインに対する長年の蓄積がうかがえる作品だ。

もう一つ。どうしても見逃せないことがある。この賞は、文章と写真を組み合わせて応募することもできた。選考委員に写真家がいるのもそのためだろう。しかし、佐伯は文章だけで勝負した。プロのカメラマンとして活動し、『月刊ＰＬＡＹＢＯＹ』に何度も掲載された実績があるのにもかかわらず、佐伯はそうした。この雑誌の編集部も受賞作が決まった後で、そのことに少し驚いていたようなのが、誌面の記述から伝わってくる。

おそらく佐伯は写真なしで勝負がしたかったのではないか。文章だけでどれだけ評価されるか、試したかったのだと思う。

それは今となってみれば、後に作家として活躍する姿につながる態度だといえるだろう。佐伯はこのあたりで、写真から文章に転じたのではなかったか。

受賞作を掲載した『月刊PLAYBOY』を読むことができた。興味深い資料なので、もう少し、この受賞作の周辺について述べることにしよう。

誌面からは勢いのある出版社の好調な月刊誌の雰囲気が伝わってくる。『月刊PLAYBOY』。大判で、外国人女性の豊満なヌードが載っていて、ノンフィクションの記事にも読み応えのあるものが少なくなかった。記事がとびとびに掲載されているのも懐かしい。誰かのインタビューの間に、ヌード写真が入ったりしていた。

この第一回ドキュメント・ファイル大賞には、海外からも含めて計百六篇の応募があった。佐伯の作品が最優秀作品賞（正賞はブロンズ像、副賞は二百万円）に選ばれ、優秀作品賞四篇（賞金は各五十万円）も発表されている。

選考委員が豪華だ。安部公房、大島渚、小田実、開高健、立木義浩、立花隆、筑紫哲也、藤原新也の八人。各選考委員がつけた点数も一覧表にして公開されている。大島、立花、開高、筑紫、藤原が佐伯作品を高

く評価している。興味深いので選評から、佐伯作品について書かれた部分を少し引用しておこう。

大島渚
〈対象そのものに存在としての力がある「闘牛士エル・コルドベス」に堂々と迫った作品が一位になったことは自然である。私個人としては、私が映画監督として世に出たと同じ一九五九年に登場したこの闘牛士に（ビートルズもまた！）、同時代者としての感慨もあったことは否めないけれども〉

立花隆
〈（佐伯作品が）群を抜いていた〉〈見事な出来である。厚みにおいて他を圧倒している〉

開高健
〈（佐伯作品の）背景についての解説はなかなか肉が厚くて、その厚さ

が他の作品群を抜いたといってよろしかった〉

藤原新也

〈多分この人は自分の弱年期を闘牛に賭けたのではないかと思う〉〈作者の肉体に孕まれているものは人の心をゆするようである〉

佐伯の受賞作は一人の闘牛士の栄光と挫折を描いている。しかし、この男の肉声を読者に聴かせるというよりは、この男がいる風景を歴史的にも、同時代的にも、広く深くとらえようとしている。やはり、そこが称賛されている。

賞の贈呈式には、開高健も、安部公房も出席した。開高からは式の後で「賞金をもらえてよかったなあ」と祝福されたという。

この受賞をきっかけに、佐伯は文章を書く仕事へ入っていった。

一九八三年には集英社から『アルハンブラ』という美しい本を出して

いる。副題は「光の迷宮　風の回廊」。スペインのグラナダにあるアルハンブラ宮殿を多角的にとらえた一冊だ。宮殿はキリスト教国によるレコンキスタ（イベリア半島での国土回復運動）に抗して、ヨーロッパに最後に残ったイスラム王朝が残した建築で、現在は世界文化遺産になっている。

このイスラム建築の珠玉をめぐって、佐伯はロルカの詩やコーランの一節を引用しながら、自在に歴史をさかのぼり、その美しさをつづっている。イスラム文化とキリスト教文化のせめぎ合いが生み出す、さまざまな人生を浮き彫りにしているのが印象深い。佐伯の歴史に対するきわだった関心がうかがえるのだ。佐伯による写真も多く掲載され、この建築物の美しさを味わわせてくれる。

末尾近くで、佐伯と地元の少年との交流が描かれ、鮮やかだ。後に書かれる佐伯の時代小説では、子供たちが登場すると場面が急に活気づくが、その片鱗はこの本からもうかがえる。

この後、佐伯にはボクシングを題材にした二部から成る『狂気に生き』（一九八六年、新潮社）という著作もある。

しかし、計七冊のノンフィクションを出してから、佐伯は一九八〇年代後半に、現代小説に転じる。ノンフィクションは仕込みに時間がかかる。その間に生活が逼迫してくる。小説なら、もっと量産できるのではないかと考えたらしい。

（敬称略）

二〇〇六年一月『役者狩り』光文社文庫刊

光文社文庫

長編時代小説
役《やく》者《しや》狩《が》り　夏《なつ》目《め》影《えい》二《じ》郎《ろう》始《し》末《まつ》旅《たび》(十)　決定版
著者　佐《さ》伯《えき》泰《やす》英《ひで》

2014年6月20日　初版1刷発行
2024年12月25日　3刷発行

発行者　三宅貴久
印刷　萩原印刷
製本　ナショナル製本

発行所　株式会社 光文社
〒112-8011　東京都文京区音羽1-16-6
電話 (03)5395-8149　編集部
8116　書籍販売部
8125　制作部

ISBN978-4-334-76752-5　Printed in Japan

組版　萩原印刷

新たな冒険の物語が幕を開ける！

海への憧れ。幼なじみへの思い。
さあ、船を動かせ！

新《しん》酒《しゅ》番《ばん》船《ふね》

一冊読み切り、
若者たちが大活躍！

海次は十八歳。丹波杜氏である父に倣い、灘の酒蔵・樽屋の蔵人見習となったが、海次の興味は酒造りより、新酒を江戸に運ぶ新酒番船の勇壮な競争にあった。番船に密かに乗り込む海次だったが、その胸にはもうすぐ兄と結婚してしまう幼なじみ、小雪の面影が過っていた——。海を、未知の世界を見たい。若い海次と、それを見守る小雪、ふたりが歩み出す冒険の物語。

光文社文庫

日本橋を舞台にした若者たちの感動作

浮世小路の姉妹

町火消の少年と、老舗を引き継ぐ姉妹。大きな謎を追う彼らの、絆と感動の物語！

著者の魅力満載、一冊読み切り！

町《まち》火消《びけし》い組の鳶《とび》見習の昇吉《しょうきち》は、老舗《しにせ》料理茶屋うきよしょうじの姉妹、お佳《か》世《よ》とお澄《すみ》を知る。半年前の火事で両親と店を失った姉妹は、未《いま》だ火付けの下《げ》手人《しゅにん》に狙われているらしい。い組の若《わか》頭《がしら》吉《きち》五郎《ごろう》の命《めい》で下手人を探ることになった昇吉。探索の過程で、昇吉はお澄に関するある真実を知ることになる——。大江戸日本橋《にほんばし》を舞台にした若者たちの、初々《ういうい》しく力強い成長の物語。